Marie Mellin

SCHLANGENWEG

AF386745

Impressum:
Bibliografische Information der Deutschen Nationalbibliothek.
Die Deutsche Nationalbibliothek verzeichnet diese Publikation
in der Deutschen Nationalbibliografie; detaillierte bibliografi-
sche Daten sind im Internet über http://dnb.d-nb.de abrufbar.
Veröffentlicht bei Infinity Gaze Studios AB
1. Auflage
Juni 2024

Infinity Gaze Studios AB
Södra Vägen 37
829 60 Gnarp
Schweden
www.infinitygaze.com

KAPITEL I

„Hast du schon gehört, sie haben das Haus verkauft?“, einer tuschelte es dem anderen zu.

„Dazu noch an Russen, das ist nun aber eindeutig der Gipfel. Brauchen sie denn so dringend das Geld?“

„Sie sind einfach raffgierig und können den Hals nicht vollkriegen.“

„Klar, sie halten sich für etwas Besseres.“

Der Blinde hörte das alles. Er nickte nur mit dem Kopf, lächelte verlegen und sagte leise: „Ja, ja.“ Dabei schienen seine erloschenen Augen in eine unbestimmte Ferne zu blicken, die den Sehenden verschlossen war.

Was wussten die Leute schon über dieses Haus?

„Lass sie reden“, hatte seine Mutter ihm früher immer geraten, wenn man sich wieder einmal etwas Merkwürdiges über die Leute von vis-à-vis erzählt hatte. So hatte man Anna, der Besitzerin des Hauses, immer vorgeworfen, dass sie mit Eva, der damaligen Wirtin des Ortes, befreundet war, die so ganz anders war als die anderen im Ort.

Anna war ebenfalls unangepasst. Das Gerede und Klatschen der anderen hörte sie sich an, grinste ab und zu darüber, sagte aber meistens nichts dazu. Keiner wusste, was sich in ihrem Kopf abspielte.

So war Anna.

Es gab Leute im Ort, die munkelten, dass sie froh sein konnte, dass sie nicht in einer dunklen Nacht spurlos und auf Nimmerwiedersehen verschwunden war. Damals, als er noch sehen konnte, hatte der Blinde das Verhalten dieser Nachbarin auch teilweise seltsam gefunden. Es entsprach nicht so ganz den Vorstellungen, die man gewohnt war.

Auf dem Dach gurrte eine Taube. Seitdem er nicht mehr sehen konnte, registrierte der Blinde alle Geräusche umso stärker. Sie musste wohl drüben auf dem Dach des unlängst verkauften Hauses sitzen. Es stand nun schon einige Zeit leer. Das passte nicht zu diesem Haus, in dem das Leben immer pulsiert hatte. Eben fuhr ein Wagen vor. „Guten Tag, wie geht es dir?“ – das war Anne, eines der drei Mädchen, die das Haus geerbt hatten. Er erkannte sie an der Stimme. Sie hatte es immer eilig: Beruf, Familie, Kinder, die Rushhour des Lebens eben.

„Wir müssen das Haus allmählich ausräumen, leider. Die neuen Eigentümer wollen bald mit der Renovierung beginnen. Bevor wir das Haus ganz leerräumen, komme ich noch mal bei euch vorbei um mich zu verabschieden.“

Schwang da nicht doch ein Ton des Bedauerns in ihrer Stimme?

‚Eigentlich war es immer ein Haus, das im Besitz von Frauen war‘, dachte der Blinde.

Anna hatte es von ihrer Mutter geerbt. Sie hatte es dann später an ihre Tochter vererbt und nun hatten es deren drei Töchter geerbt.

Von diesen dreien lebte keine mehr in diesem Ort.

Sie kamen dem Blinden immer wie Zugvögel vor, die schon früh ihren zu engen Käfig weit hinter sich gelassen hatten.

Anne ging schnell ins Haus hinein und stieg die Treppe zum Dachboden hoch, hier musste sie noch entrümpeln. Als sie die Tür öffnete, blieb sie erst einmal stehen und atmete tief durch. Sie sah die alten Schuhe und Stiefel ihrer Eltern in einer Reihe säuberlich nebeneinander. Es war, als wären sie nur eben einmal schnell weggegangen, um einzukaufen oder um einen Spaziergang zu machen.

Nun, sie riss sich zusammen und landete wieder in der Realität. Sie musste aufräumen.

In einer Ecke lagen noch einige alte Schulbücher und Schulhefte. Amüsiert betrachtete sie die kindliche Schrift, die Rechtschreibfehler und Verbesserungen, die gemacht worden waren. Sie fühlte sich wie auf einem anderen Stern, in einer anderen Zeit.

Neben den alten Schulheften lagen ein paar vergilbte Bücher ihrer Eltern. Eichendorff, der Lieblingsautor ihrer Mutter und ein Band von Heine, den ihr Vater öfters zitiert hatte. Sie waren alt und verschlissen, aber die würde sie mitnehmen.

Hinter einer wackligen Schuhkommode war ein ganz altes, von Mäusen angefressenes Heft. Es war wirklich noch in der früheren, heute kaum noch lesbaren Sütterlinschrift geschrieben, anscheinend eine Art Tagebuch, so viel sie erkennen konnte. Der erste Eintrag war von 1934. Es folgten viele Tagebuchnotizen bis zum Jahr 1945. Im Dämmerlicht des Dachbodens konnte sie die alte Schrift kaum lesen, aber am Schluss glaubte sie zu lesen – „Was soll ich tun?"

Ja, genau, das fragte Anne sich auch. Sie nahm das alte Heft und die Bücher, denn sie hatte jetzt keine Zeit alles zu lesen.

Sie musste zurück, denn heute hatte sie noch einen langen Heimweg und eine polizeiliche Vernehmung vor sich.

Es war so schwül hier oben, genauso wie damals als es passierte.

Plötzlich stand ihr wieder alles vor Augen:

Die Frau lag ganz ruhig da, die Augen geschlossen, nur ein kleines blutrotes Rinnsal an der Schläfe störte die Harmonie dieses Bildes. Sie standen beide zunächst wie erstarrt vor der blassen Frau auf dem steinigen Boden.

Dieses Bild passte so gar nicht in den Verlauf dieses Nachmittags. Sie mussten Hilfe holen. Bärbel suchte in der Tasche nach ihrem Handy, um die Notrufnummer zu wählen, Anne kümmerte sich um die Frau. Sie wischte ihr das Blut von der Stirn.

Was war geschehen?

Sie hatten sich an diesem Nachmittag mit Jasmin verabredet. Sie wollten den engen, steilen Schlangenpfad zum Philosophenweg hinaufsteigen um von oben dieses immer wieder faszinierende Panorama zu genießen: den Neckar und die Altstadt von Heidelberg.

Diesen Spaziergang hatten sie schon mehrmals gemacht und hatten sich dann dort oben mit Jasmin getroffen, die sie zum Kaffee eingeladen hatte.

Der Weg war sehr eng und steinig, von hohen Hecken gesäumt.

Efeu überwucherte alles, dornige Brombeersträucher hingen über ihren Köpfen, aber es gab auch wunderschöne Vergissmeinnicht und gelbe Sonnenblumen, die aus den angrenzenden Gärten in den Pfad hineinwuchsen. Sie schwitzten und kamen nur langsam voran, denn der Weg wurde immer enger und steiler.

Bärbel erzählte ihr von einigen Bekannten und ihren Problemen und war so in ihr Gespräch vertieft, dass sie die beiden jungen Männer nicht bemerkte, die hinter ihnen gingen.

Anne trat mehrmals einen Schritt zur Seite und signalisierte den beiden, dass sie gerne überholen konnten. Der Pfad war hier nämlich so eng, dass maximal zwei Personen nebeneinander gehen konnten. An einigen Stellen war sogar dies nicht möglich und man musste hintereinander gehen.

Die beiden Jungs schienen es aber nicht eilig zu haben und ließen sich immer wieder einmal ein paar Schritte zurückfallen. Anne fand dies etwas merkwürdig, sagte aber nichts zu Bärbel, die ihr gerade von ihren Urlaubsplänen erzählte und im Moment nichts anderem Beachtung schenkte.

Plötzlich wurde es den beiden hinter ihnen wohl doch zu dumm und sie drängelten sich an ihnen vorbei, so dass Annes Handtasche von der Schulter gerissen wurde und auf dem Boden landete. Einer der Jungen griff danach, aber Bärbel hatte sie schon aufgehoben und so stürmten die beiden nur schnell an ihnen vorbei.

„Findest du ihr Verhalten nicht merkwürdig?"
Anne schaute Bärbel fragend an.

„Ach nein, du weißt doch, wie die jungen Leute sind, die haben es immer eilig."

Gemächlich folgten sie den zahlreichen krummen Windungen des Pfades und waren bald wieder in ihr Gespräch vertieft.

Ab und zu mussten sie einmal stehen bleiben, denn der Hohlweg wurde immer steiler und es wurde auch immer schwüler. Bald würden sie oben sein.

Da sahen sie die Frau am Boden liegen. Sie waren zunächst einmal ganz perplex. Wo waren denn die beiden Jungs, die sie vorhin überholt hatten?

Von oben hörten sie nun Schritte den Pfad herunterkommen. Es war eine Frauengestalt. Dann erkannten sie sie, es war Jasmin, die ihnen entgegenkam.

Plötzlich blieb sie jedoch wie erstarrt mitten in ihrer Bewegung stehen. Sie hatte nun auch die Frau vor ihnen auf dem Boden bemerkt.

„Nein, das kann doch wohl nicht wahr sein."

Damit hatte sie aber auch Anne und Bärbel aus ihrer Erstarrung gelöst und sie bückten sich beide über die Frau. Sie sprachen sie an, aber die Frau stöhnte nur leise, konnte den Kopf aber nicht zu ihnen drehen.

Jasmin hatte ihr Handy genommen und wählte die Notrufnummer 112. Sie schilderte die Situation und forderte einen Krankenwagen an.

„Ich laufe schnell nach oben, um den Sanitätern den Weg zu erklären." Damit wandte Jasmin sich um und rannte den Schlangenpfad hinauf. Sie hörte gar nicht mehr zu, was die beiden Freundinnen ihr sagten.

Anne hatte ein sauberes Taschentuch genommen und

wischte von neuem das Blut weg, das der Frau von der Schläfe ins Auge lief. Es schien Ewigkeiten zu dauern, bis sie die Sirene eines Rettungsdienstes hörten.

Jasmin hatte die Leute richtig dirigiert, denn bald hörten sie den Krankenwagen oben am Philosophenweg bremsen und dann kamen die Sanitäter auch schon den Pfad herab.

„Der Arzt kommt auch, so schnell es geht", sagte einer zu den beiden Frauen. Bärbel und Anne traten zur Seite. Wenig später bremsten zwei Autos.

Zwei Polizisten tauchten oben am Weg auf und hinter ihnen ein Arzt. Die Polizisten wollten von ihnen wissen, was passiert war. Das konnten sie aber nur bruchstückhaft erzählen, ihre Darstellungen klangen etwas konfus.

„Kommen Sie doch bitte morgen aufs Polizeirevier zu einer genaueren Vernehmung", meinte einer von ihnen.

„Wo ist denn ihre Freundin abgeblieben? Warum ist sie denn nicht mehr hierher zurückgekommen?"

Stimmt, aber darauf wussten sie beide nun auch keine Antwort.

„Geben Sie uns Ihre Adressen und die Adresse ihrer Freundin und dann können Sie gehen."

Sie waren dann zur Straßenbahn gegangen und beschlossen, nach Hause zu fahren. Es war nämlich schon spät geworden.

„Ich rufe nachher bei Jasmin an und frage sie, warum sie nicht mehr zurückkam und gebe dir dann Bescheid. Also, bis dann." Bärbel stieg aus der Bahn aus. Anne war froh, als sie zu Hause ankam. Wenig später läutete das Telefon, es war Bärbel.

„Du, bei Jasmin geht niemand ans Telefon."

„Merkwürdig. Ich probiere es später nochmals."

Spät am Abend ging endlich jemand in Jasmins Wohnung ans Telefon. Es war ihr Mann.

Anne erzählte ihm genau, was passiert war. Er wusste allerdings schon Bescheid, da die Polizei bei ihm nachgefragt hatte, wo seine Frau sei.

„Jasmin ist nicht hier", erzählte ihr Mann, „im Esszimmer ist der Kaffeetisch gedeckt und alles ist unberührt. Aber das erstaunt mich nicht, denn in letzter Zeit verhält sie sich teilweise recht merkwürdig. Was sagten Sie, sie ist einfach nicht mehr an den Tatort zurückgekommen? Ich hoffe, dass sie heute Nacht nach Hause kommt."

Jasmin war aber nicht mehr nach Hause zurückgekommen und hatte sich auch nicht mehr gemeldet. Ihr Handy war ausgeschaltet und war auch nicht mehr zu orten.

Nun saß Anne hier in einem spärlich möblierten, recht kahlen Vernehmungszimmer zwei Polizisten gegenüber, die ihr einen Ordner mit Fahndungsfotos zeigten. Sie sollte schauen, ob sie die beiden jungen Männer, die sie auf dem engen Weg überholt hatten, erkennen könne.

Sie sah einige Fotos, die den beiden ähnlich sahen, aber eine genaue Ähnlichkeit konnte sie nicht feststellen. Sie gab den Ordner zurück.

„Haben sie irgendwas von ihrer Freundin Jasmin gehört?"

Anne schüttelte den Kopf.

„Erzählen Sie doch einmal genauer, was ihre Freundin für ein Mensch ist."

Was sollte sie schon erzählen?

Sie, Jasmin und Bärbel kannten sich schon seit der ersten Klasse. Sie waren während ihrer ganzen Schulzeit ein eingeschworenes Team. Wie hatte eine Klassenlehrerin sie einmal genannt: „Trio infernale".

Ihre Wege gingen zwar dann später auseinander, aber der Kontakt brach nie ganz ab.

Jasmin war Mitarbeiterin bei einer großen Pharma-Firma geworden. Sie trafen sich ab und zu zum Kaffee oder um gemeinsam ins Theater oder zu interessanten Veranstaltungen zu gehen. Jasmin war verheiratet, die Ehe war kinderlos und sie reiste sehr viel, teilweise zu Kongressen und im Urlaub liebte sie es, lange Bergtouren zu machen oder auch tauchen zu gehen.

Mehr konnte sie dazu nicht sagen.

Nachdem die Polizisten keine weiteren Fragen mehr hatten, verließ sie schnell das Vernehmungszimmer. Sie musste dringend nach Hause, denn sie hatte für den nächsten Tag noch einiges vorzubereiten.

KAPITEL 2

Da saßen sie nun. Es war die erste Stunde in diesem Fach, von dem sie keine Ahnung hatten und das sie doch irgendwie gereizt hatte.

In ihrem Kopf schwirrten ganz ungeordnet recht bekannte Namen herum, zum Beispiel Namen wie Sokrates, Platon, auch von Kant hatte man zumindest schon gehört.

Jetzt wollten sie genauer wissen, was hinter dem Ganzen steckte, denn hatte Philosophie nicht auch etwas mit Spekulation zu tun, mit abgefahrenen Ideen, quasi Spinnereien, die man oft noch nicht einmal wissenschaftlich widerlegen konnte?

Außerdem munkelte man, dass die Kursleiterin ein skurriler Typ sei, die irgendwie oft merkwürdige Fragen stellte. Nun ja, man würde sehen, wenn es zu blöd würde, konnte man sich ja nach der ersten Kursstunde immer noch abmelden.

Da war sie auch schon und legte erst einmal eine Folie auf.

„Ich beginne zunächst mit einer Quizfrage. Schaut euch das Zitat an und überlegt euch, wer das geschrieben haben könnte und warum er/sie das so geschrieben hat."

„Ich bin,
aber ich habe mich nicht,
darum werden wir erst."
(Zitat eines Philosophen, 20. Jhdt.)

Die Schüler lasen den Text und schauten sich erst einmal etwas ratlos an.

„Nehmt einmal Stellung zu dem Satz. Was sagt der Satz aus und wie beurteilt ihr diese Aussage?", wollte sie wissen. Zunächst entstand ein allgemeines Gemurmel, dann meldete sich ein Schüler namens Andi. Er meinte: „Der Anfang des Zitats, also die Aussage ‚Ich bin', die ist ja nun vollkommen klar, denn dass ich bin und dass auch die anderen sind, das kann man ja nun ohne weiteres daran sehen, dass der Raum hier vollkommen überfüllt ist von den vielen ‚Ichs'."

Damit hatte er die Lacher schon einmal auf seiner Seite. Sven meinte:

„Klar, Andi hat Recht, wie Sie sehen, sitzen wir alle vor Ihnen und sind groß oder klein, dick oder dünn, aber alle sind wir irgendwie da. Vielleicht sind wir geistig nicht immer ganz da, aber körperlich sind wir anwesend oder würden Sie das leugnen?"

Sie musste grinsen: „Klar, ich sehe euch, also seid ihr da."

Gut, einige nickten, es ging also nichts über die faktische Kraft des Wirklichen.

Nur die zweite Zeile, „aber ich habe mich nicht", stieß bei den meisten auf Unverständnis.

Laura meinte: „Kann man es so deuten, dass der Mensch meistens fremd bestimmt wird, dass er selten autark, selbständig handeln kann?"

Sophie war der Meinung, dass der Mensch sich nicht selbst habe, weil er sich im Laufe seines Lebens schuldig mache, sich also selbst nicht immer in seiner Gewalt habe.

Tim meinte: „Dieser Ausspruch hat schon seine Berechtigung, denn ich habe, also besitze mich eigentlich selbst nie so ganz, da unser Denken und unsere Gefühle häufig sehr widersprüchlich sind."

Das Ende des Zitats, „darum werden wir erst", leuchtete ihnen schon eher wieder ein. Sandra deutete es so: „Das Leben entwickelt sich doch immer in eine Zukunft hinein, das ist doch klar. Allein der biologische Rhythmus eines menschlichen Lebens zeigt ja schon dieses Werden, aber auch im Hinblick auf die Technik oder die Wissenschaft können wir doch beinahe täglich ein ständiges Werden beobachten. Die Medien berichten fast jeden Tag von neuen Erfindungen oder Entdeckungen."

„Ja, Sandra hat Recht", riefen einige Schüler.

„Hat jemand Einwände?"

Nein, alle waren mit Sandras Aussage einverstanden.

„Prima. Ihr zweifelt also nicht an der ersten Aussage dieses Textes. Jetzt nehmt euch doch einmal ein Blatt Papier und erklärt mit euren eigenen Worten, wieso wir wissen, dass wir sind."

Nun wurde es ruhiger im Zimmer, ab und zu schaute einer dem anderen aufs Blatt und beriet sich kurz mit dem Nachbarn oder der Nachbarin.

Zunächst wollte niemand vorlesen, was er geschrieben hatte, aber dann schlug einer vor, dass Felix seinen Text vortragen sollte. Felix wollte erst nicht, ließ sich dann aber doch überreden.

„Die Frage, ob wir wirklich existieren, kann man meiner Meinung nach nicht beantworten. Wir können uns zwar fühlen und sehen, doch das ist noch kein Beweis, dass wir existieren. Vielleicht leben wir ja in einer Traumwelt und bilden uns die ganze äußere Welt mit all ihren Erscheinungen nur ein. Es könnte ja sein, dass wir in Wirklichkeit alle verkabelt sind und Helme mit integrierten Bildschirmen aufhaben. Vielleicht bewegen wir uns nur in einer vorgespielten Welt, die in echt gar nicht existiert. Vielleicht sind wir also alle

Maschinen und können gar nicht richtig sterben. Wir werden einfach nur irgendwann abgeschaltet, von den Kabeln entfernt. Yeah, check it out."

„Cool", meinte Sven, „das ist ja genau das, was im Film ‚Matrix' dargestellt wird, nämlich, dass wir nie sicher sein können, was denn nun wirklich unsere Realität ist."

Nun sollten sie raten, von wem der Ausspruch auf der Folie sein könnte. Einige riefen auf gut Glück: Sartre oder Heidegger. Es hätte Anne auch sehr gewundert, wenn jemand sofort auf die richtige Lösung gekommen wäre, aber verraten wollte sie es ihnen auch nicht gleich. Diese jungen Leute hatten heute doch alle einen PC oder Laptop oder ein Smartphone, sollten sie doch einmal bis zur nächsten Stunde herausfinden, wer dieser Philosoph war. Als Tipp hatte sie ihnen nur gesagt, dass es ein bedeutender Philosoph des 20. Jahrhunderts war, der sowohl in Ostdeutschland wie in Westdeutschland gelebt hatte und sogar ganz in ihrer Nähe.

Manchmal beneidete sie diese jungen Leute, vor denen das Leben noch so weit und offen lag, die noch ihre ganze Zukunft mit allen Möglichkeiten vor sich hatten. Was sie häufig auszeichnete, das war ihre Ehrlichkeit. Sie gaukelten meistens keine Moral vor, hinter der sie nicht standen. Das war positiv, auch wenn ihre radikalen Ansichten manchmal schwer zu schlucken waren. So würde es wohl auch mit diesem Kurs sein, aber das belebte die Diskussionen.

Am Ende der Stunde musste sie wieder an Jasmin denken, wo war sie bloß? Das entsprach doch gar nicht ihrer Art, einfach wegzugehen, das Handy auszuschalten und nichts mehr von sich hören zu lassen. In den nächsten Ferien würde sie auf Spurensuche gehen.

KAPITEL 3

An einem Tag, als der Mistral, der Wind, der im Pyrenäengebiet die Türen und Fenster heftig zuschlagen lässt, wieder einmal mit mittlerer Sturmstärke wehte, fuhr Anne nach Carcassonne, einer kleinen südfranzösischen Stadt, die mit ihrer intakten Stadtmauer noch sehr mittelalterlich wirkt.

Sie war vor vielen Jahren schon einmal im Sommer hier gewesen, aber jetzt im Herbst musste man sich nicht mehr durch die schier endlosen Touristenströme drängeln, die im Sommer die kleine Stadt förmlich überfluteten.

Sie besichtigte das Château und bummelte dann durch die engen kleinen Gässchen. Ein Geschäft reihte sich an das andere und natürlich gab es neben den Lebensmittelmärkten zahlreiche Souvenirgeschäfte, Buchläden und auch Trödler, die antike Dinge verkauften.

Vor einem Geschäft mit der Aufschrift ‚Antiquités' blieb sie stehen. Sie betrachtete in der Vitrine eine alte Sonnenuhr in Form einer golden strahlenden Sonne mit der Inschrift „Tempus fugit" – Ja, die Zeit enteilt. Dieser Ausdruck berührte sie sehr, gerade in ihrer jetzigen Situation. Neben dieser Sonnenuhr war eine wunderschöne alte Puppenküche. Plötzlich stand sie ganz still, sie hörte nichts mehr von dem Getriebe der Menschen um sie herum, sondern sie sah sich in Gedanken wieder in der Küche des alten Bauernhofs ihrer Großmutter. Wie in dieser Puppenküche gab es dort noch einen ganz großen Herd, der mit Holz geheizt wurde. Über diesem Herd war ein offener Kamin, in dem der Schinken zum Räuchern aufgehängt wurde. Ach, leider war diese heile Welt für sie untergegangen und sie fühlte sich im Moment davon so weit entfernt als wäre sie in einer fernen Galaxie, abgehängt von allen Verbindungen, die bisher zu ihrem normalen Alltag gehört hatten. Alle Gewissheiten ihres bisherigen Lebens waren irgendwie auf den Kopf gestellt und sie musste sich erst wieder ganz neu sortieren.

„Cela vous intéresse-t-il? - Interessieren Sie sich dafür?"

Anne schreckte aus ihren Gedanken auf. Sie hatte gar nicht bemerkt, dass eine Frau sie beobachtet hatte. Sie nickte.

„Sie waren eben ganz in sich selbst versunken, nicht wahr? So etwas habe ich hier in dem Menschengetöse vor meinem Laden eigentlich noch nie erlebt. Wollen Sie mit in mein Geschäft kommen? Ich habe noch mehr alte Sachen, die Sie vielleicht interessieren."

Sie wusste nicht so recht, was sie von dieser Frau halten sollte, war sie nur eine clevere Geschäftsfrau, welche die Leute genau beobachtete und dann versuchte, sie in ihr Geschäft zu locken? Eigentlich sah sie gar nicht so sehr nach einer gerissenen Geschäftsfrau aus. Ihre Kleidung war nicht mondän, sondern eher recht alternativ: ein langer, weiter, schwarzer Rock, eine graue Bluse und schwere, geschnürte schwarze Schuhe. Ihre dunklen Haare waren straff aus dem Gesicht gekämmt und am Hinterkopf mit einer Holzspange aufgesteckt. Sonst trug sie keinerlei Schmuck.

Sie fand sie so ganz anders als die anderen Händlerinnen, an denen sie heute vorbeigekommen war.

Sie trat mit ihr in das Geschäft ein und bemerkte sofort, dass dies hier kein Souvenirladen war, in dem sich die Touristen einige mehr oder minder billige Erinnerungsstücke kaufen konnten. Dieser Laden hatte wirklich antike Sammlerstücke und folglich waren die einzelnen Sachen auch nicht ganz billig.

„Sie können sich gerne umschauen, vielleicht gefällt Ihnen ja etwas."

Hinter einem Tisch mit wunderschönem altem französischem Porzellan, sah sie einen großen, wuchtigen antiken Bücherschrank mit Büchern. Sie griff einige heraus und versuchte die alte Schrift zu deuten.

„Interessieren Sie sich für Bücher?"

Sie bejahte, fügte aber hinzu, dass diese alte französische Schreibweise für sie recht schwer zu entziffern sei. Die Händlerin nickte, das konnte sie gut verstehen. Sie deutete auf ein kleineres Regal und sagte, dass sie dort einige dieser alten Bücher in heutiger moderner französischer Schreibweise habe.

Bei diesem Regal fiel ihr jedoch zuerst etwas ganz anderes ins Auge: eine eiserne Maske und ein paar rostige Hand - und Fußfesseln. Sie wollte wissen, ob dies irgendeine Beziehung zu den Büchern habe.

„Ja", die Händlerin nickte, „in einem dieser Bücher spielen diese Gegenstände eine zentrale Rolle. Die Maske und die Fesseln sind auch unverkäuflich. Wie Sie sehen, habe ich sie so am Regal und an der Wand dahinter befestigt, dass man sie nicht stehlen kann. Sie haben für mich selbst nämlich einen großen Erinnerungswert. Es sind gewissermaßen Familienerbstücke."

Anne betrachtete die Eisenmaske genauer. Sie sah sehr bizarr aus. Statt einer richtigen Öffnung für die Augen waren nur dünne Sehschlitze zu sehen und auch als Mundöffnung gab es nur ein kleines schmales

Loch. Oben an der Maske waren rechts und links hornartige Gebilde, die ihr etwas Dämonisches verliehen. Unwillkürlich erinnerte sie sich an die Legende des Mannes mit der eisernen Maske, der angeblich ein Nachfahre Napoleons gewesen sein soll, den man Jahrzehntelang auf einer südfranzösischen Insel eingekerkert hatte und der immer eine Eisenmaske tragen musste, damit niemand ihn als Nachkomme Napoleons erkennen konnte. Dies wollte man unbedingt verhindern, aus Angst, dass ein solcher Nachfahre sich zum Herrscher aufschwingen und das Land in neue Kriege führen könnte.

„In welchem Buch spielt diese Maske denn eine Rolle?", wollte sie wissen.

„Hier in diesem Buch", sagte die Händlerin und griff nach einem Buch im Regal. Anne las den Titel: ‚La vie de Bernadette Duchamp' – ‚Das Leben der Bernadette Duchamp'.

„Und wie nennt man diese Art von Masken?"

„Dies war eine spezielle Art von Masken für Frauen, die Böses über andere sagten oder Unwahrheiten verbreiteten."

„Sie sagten vorhin, dass diese Maske eine Art Familienerbstück sei. Können Sie mir das erklären?"

„Das ist eine alte und recht lange Geschichte. Sie spielt zur Zeit der Katharer und der Inquisition. Eine meiner Verwandten geriet in die Fänge der Inquisition und musste Schlimmes erleben. Sie wissen ja, dass wir uns hier, im Grenzgebiet zwischen Südfrankreich und Katalonien, im ehemaligen Land der Katharer befinden?"

„Ja, doch, das wusste sie und gerade deshalb hatte sie sich diese Grenzregion auch ausgewählt, die dünn besiedelt war und wo man wunderbare Rucksacktouren in die Pyrenäen machen konnte, wo man unerkannt in alten Berghütten zur Not auch einmal für einige Zeit untertauchen konnte. Genau die Art des Reisens, die ihre Freundin Jasmin so gerne mochte. Insgeheim hoffte sie, irgendeine Spur von ihr zu entdecken, denn Jasmin liebte die Berge und war recht gerne alleine auf Bergtour, je einsamer umso besser.

„Waren Sie schon im Museum der Folterinstrumente, ein paar Straßen von hier entfernt?", wollte die Händlerin wissen.

Nein, da war sie noch nicht gewesen. Sie hatte zwar das Hinweisschild gelesen, aber irgendwie graute es ihr doch ein bisschen davor.

„Um die Geschichte der Katharer zu verstehen, sollten Sie unbedingt dorthin gehen. Sie können erst dann die ganze Grausamkeit der Inquisition verstehen und vor allem das Leid, das man den Katharern damals antat."

Die Händlerin schaute auf die Uhr. „Es ist schon fünf Uhr nachmittags. Wissen Sie was? Ich werde meine Boutique für heute schließen und werde Sie durch das Museum führen. Cela vous plaît? Okay?"

Anne akzeptierte das nur allzu gern.

So würde sie nicht allein den grausamen Folterinstrumenten gegenüberstehen, sondern hätte jemanden, mit dem sie darüber reden könnte, so dass alles nicht ganz so furchteinflößend wäre.

„Erzählen Sie mir dann auch, welche Bedeutung diese Maske in Ihrem Laden hat?"

„Diese Geschichte finden Sie hier in diesem Buch, das Sie gerade in der Hand halten: ‚Das Leben der Bernadette Duchamp'. Ich werde Ihnen nach dem Museumsbesuch ein paar Episoden aus dem Leben dieser Bernadette Duchamp, meiner Vorfahrin, erzählen. Aber die Einzelheiten ihres Lebens, die müssen Sie unbedingt in diesem Buch nachlesen. Sie werden sehen, es lohnt sich.“

Anne schaute auf den Preis: 16 Euro. Okay, dafür würde sie es nehmen. Nachdem sie bezahlt hatte, hängte die Händlerin ihr Schild: ‚Fermé‘ neben das Schild mit den üblichen Öffnungszeiten und ging mit Anne zum Museum.

KAPITEL 4

Sie traten aus der Sonne in kühle, schattige Räume. Ihre Augen mussten sich erst an dieses spärliche Licht gewöhnen. Gleich am Eingang sah Anne eine Maske, die fast genauso aussah wie die Maske im Laden der Händlerin. Daneben stand ein Erklärungsschild: ‚Schandmaske für keifende, verleumderische Frauen‘

Ihre Begleiterin fügte noch hinzu: „Mit dieser Maske konnte man jede Frau mundtot machen und die Männer, welche die Frauen zu dieser Strafe verurteilten, wussten genau, wie demütigend diese Maske für die Frauen war. Können Sie sich vorstellen, wie sich eine Frau fühlte, der man diese Maske für ein paar Tage auf dem Kopf befestigt hatte, so dass sie sie nicht abnehmen konnte?“

Anne konnte nur nicken, nichts sagen. Schon standen sie vor dem nächsten Gerät. Hier saß eine Schaufensterpuppe auf dem so genannten ‚eisernen Stuhl‘. Dies war ein Stuhl, der mit langen, spitzen Nägeln überall gespickt war. Das Opfer wurde an den Händen, den Füßen und dem Bauch so festgeschnallt, dass der ganze Körper mit vollem Gewicht gegen die spitzen Nägel gedrückt wurde, so dass es am Schluss überall durchbohrt war.

„Dazu muss ich Ihnen wohl nichts erklären?“

„Nein, das spricht für sich.“

Diese Instrumente galten jedoch noch als relativ harmlos im Vergleich zur Streckleiter oder dem so genannten ‚spanischen Bock‘, die im nächsten Raum ausgestellt waren. Bei diesem Folterinstrument wurde das Opfer oben an den Händen und unten an den Füßen an einer Walze angebunden, die man beliebig verstellen konnte.

„Sehen Sie, so konnte man den Leuten damit alle Knochen brechen“, erläuterte Annes Begleiterin, „ein ähnliches Verfahren erzielte man, wenn man die Menschen an einer hoch aufgerichteten Leiter nur unter den Achseln befestigte und sie so lange baumeln ließ, bis ihre Schultern ausgerenkt waren und ihre Lungen derartig zusammengepresst wurden, dass sie langsam erstickten.“

Die Händlerin erklärte dies mit ruhiger, emotionsloser Stimme, sehr leise und monoton.

„Madame…, wie kann ich Sie eigentlich anreden? Wir haben uns noch gar nicht vorgestellt. Mein Name ist Anne Richter, also Anne.“

„Ich heiße Isabelle Duchamp.“

Ihre gegenseitige Vorstellung inmitten dieser Folterkammer wirkte wie ein Kontrapunkt, weil es eine so überaus menschliche Geste darstellte in einer von Unmenschlichkeit strotzenden Umgebung.

Ihrer gegenseitigen Vorstellung sah eine bunt angemalte, lebensgroße Puppe zu, die eigentlich schön anzusehen war, wäre da nicht dieses sadistische Lächeln in ihrem Gesicht gewesen.

„Isabelle, was bedeutet diese Puppe?“

„Das ist die berühmte eiserne Jungfrau. Komm einmal hier zu dieser Seite, hier ist die Figur geöffnet.“

Anne trat zur Seite und schaute in das Innere. Im Innern war die Figur mit sehr langen, eisernen, extrem spitzen Zacken ausgestattet.

„Wer zur eisernen Jungfrau verurteilt war, der wusste, dass dies sein sicherer Tod war. Hier kam man nur noch als Matsch heraus. Trotzdem wurde dies von einigen Gefolterten als Erlösung angesehen, weil dann endlich alles vorbei war."

Anne schauderte es. Sie hatte jetzt genug Grausamkeiten gesehen.

„Können wir nicht gehen? Ich werde heute Nacht bestimmt nicht schlafen können. Wie konnten Menschen ihren Mitmenschen nur so etwas antun?"

„Religiöser und politischer Fanatismus lassen den Menschen zu einer Bestie werden. Glaubst du denn, dass es heutzutage besser ist? Die Foltermethoden sind durch die moderne Technik noch ‚feiner' geworden. Dazu wird nicht mehr öffentlich gefoltert, wie das im Mittelalter noch üblich war, sondern die heutigen Folteranstalten sind den Augen der Öffentlichkeit entzogen. Glaub mir, ich weiß, was ich sage. Ich bin Mitglied in einer Gruppe, die sich weltweit gegen Folter einsetzt und ich engagiere mich besonders gegen die Folter in einigen südamerikanischen Ländern. Aber ich glaube, wir gehen jetzt, diese Folterinstrumente sind schwer zu ertragen."

Anne war froh, als sie wieder ins warme Sonnenlicht hinaustraten.

„Darf ich dich zu einem Aperitif einladen?", fragte Anne.

„Gerne. Ich kenne hier ein kleines Restaurant mit einem schönen ruhigen Innengarten. Dort kann man gemütlich sitzen und bekommt vom Straßentrubel nicht allzu viel mit."

Sie gingen durch die belebte Straße bis zu einem alten hochgiebeligen Haus.

Ein kunstvoll geschmiedetes Wirtshausschild hing über dem Eingang: ‚Le Chevalier du Roi' (Der Ritter des Königs). Das Restaurant war mit schönen alten Tischen und Stühlen möbliert. Einige Stiche und

Ritterszenen hingen an den Wänden. Hinter der Theke stand ein alter, grauhaariger Mann und spülte Gläser. Aus der Küche hörte man Töpfe klappern und Kochgeräusche. Man bereitete sich auf das Abendessen vor. Im Moment war es noch ruhig im Lokal.

Isabelle grüßte den Patron und sagte ihm, dass sie sich in den Garten setzen wollten. Der Wirt nickte ihr freundlich zu, man kannte sie hier also wohl recht gut. Im Garten saßen nur wenige Gäste. Isabelle steuerte auf einen Tisch unter einer großen Pinie zu. Hier war es schattig und der Bachlauf des kleinen Teichs plätscherte friedlich und beruhigend. Isabelle bestellte einen Pastis, Anne einen Orangensaft. Sie musste noch an die Küste zurückfahren und konnte sich noch keinen Aperitif gönnen.

Sie betrachtete die Goldfische im Teich und die Libellen, die über dem Wasser flogen. Sie merkte, dass Isabelle sie von der Seite betrachtete.

„Daran hat man zu knabbern, nicht wahr?"

„Durchaus. Ich hoffe, dass ich heute Nacht nicht von diesen vielen Folterinstrumenten träumen werde. – Aber, du hast mir doch versprochen,

dass du mir die Geschichte deiner Verwandten, Bernadette, und der Maske erzählst, oder?"

„Ja, das werde ich, zumindest in groben Zügen. Wenn man sich nur auf die historischen Fakten beschränkt, dann ist ihre Geschichte schnell erzählt. Du wirst aber feststellen, dass das Buch über ihr Leben viel spannender ist, weil es auf Details und Hintergründe eingeht, die ich jetzt außer Acht lasse.

‚Bernadette lebte im 16. Jahrhundert in Villefranche, einer kleinen Stadt nahe der spanischen Grenze. Ihr Vater war ein sehr begabter Schneidermeister, der wegen seiner vielen Arbeitsaufträge immer fünf bis sechs Gesellen in Lohn und Brot hatte, weil er sonst die

Arbeit nicht bewältigt hätte. Wenn eilige Arbeitsaufträge zu erledigen waren, half Bernadette ihrem Vater häufig beim Nähen. Ihre besondere Stärke war jedoch das Entwerfen neuer Kleidermodelle. Das verstand sie dermaßen gut, dass ihr Vater ihre Entwürfe zu einem Buch hatte binden lassen und es als Musterkatalog unschlüssigen Kunden oder Kundinnen zur Beratung vorlegte.

Bernadette war das einzige Kind des Schneiders und ihr Ehrgeiz bestand darin, das Geschäft ihres Vaters eines Tages zu übernehmen. Dies verbot jedoch die Zunftordnung, denn eine Frau durfte nach der Zunftordnung keine Meisterin werden. Die einzige Möglichkeit für Bernadette bestand darin, dass sie einen Schneidermeister heiratete und mit ihm zusammen das Geschäft führte.

Das behagte ihr absolut nicht. Sie hasste es, dass sie als Frau in solche Abhängigkeiten gedrängt wurde. Ihr Vater hatte schon bei der Zunft um eine Sondergenehmigung für seine Tochter nachgesucht, aber man hatte sein Gesuch abgeschlagen. Ihr würde also nichts anderes übrigbleiben, als

später einen der Gesellen ihres Vaters zu heiraten. Bei der Vorstellung schauderte es sie. Sie wollte sich ihren Mann selbst aussuchen und es gab auch schon einen, der sie interessierte.

Er hieß Dominique und war der Sohn des reichen Kaufmanns im Nachbarhaus. Als Kinder hatten sie häufig zusammengespielt. Als Junge hatte er schreiben und lesen gelernt. Einmal hatte er ihr einige Buchstaben erklärt. Sie war so neugierig, dass sie keine Ruhe gab, bis sie alle Buchstaben konnte. Sie betrachtete dies als neues Spiel und so saßen sie öfters zusammen und übten lesen und schreiben. Als Gegenleistung schenkte sie ihm ab und zu Zeichnungen von

Landschaften und Portraits, die so exakt waren, dass man die Personen sofort erkannte.

Die Lehrer in der Lateinschule hatten dem Vater gesagt, dass Dominique sehr begabt sei und sie rieten ihm, ihn doch studieren zu lassen. Er würde es sicher am Hof des Königs in Paris als Astronom oder auch als Architekt zu etwas bringen. So geschah es, Dominique ging zum Studium nach Paris. Bernadette war sehr traurig, damit war er für sehr lange Zeit aus ihrem Leben verschwunden.

Sie kümmerte sich intensiv um ihre Kleiderentwürfe und ihre Modelle wurden vor allem von den reichen Adelsfrauen der Umgebung geschätzt, die sich ihre Garderobe von ihr schneidern ließen. So war sie häufig mit ihrer Kutsche im Grenzland zwischen den Gebieten mit französischem Einfluss und den spanischen Regionen unterwegs.

Bei einer dieser Fahrten lernte sie eine Familie von niederem Adel kennen, die sie sehr beeindruckte. Ihr gefiel der herzliche Ton, den alle miteinander hatten. Sie bemerkte auch, dass man die Hausangestellten nicht herablassend behandelte.

Man lud sie, die als Schneiderin normalerweise immer am Gesindetisch in der Küche aß, an den Familientisch.

Von der Köchin erfuhr sie, dass die Familie zu den Katharern gehörte oder, wie man sie noch zu bezeichnen pflegte, zu den ‚bons hommes' – ‚guten Menschen'. Ja, das hatte sie sich auch schon gedacht, dass sie wirklich gute Leute seien.

Die Köchin klärte sie jedoch auf, dass die Bezeichnung „bons hommes' eine eigene Bedeutung habe. Sie seien Leute, die an Gott glaubten, genau wie die meisten im Umland, aber sie würden sich doch in ihrem Glauben von den Katholiken dadurch unterscheiden, dass sie jede Art von Luxus ablehnten. Fleisch werde in ihren Häusern nicht gegessen. Auch ein Übermaß an Arbeit oder Streben nach Ruhm werde als Vergehen abgelehnt. Bernadette fand das zwar etwas merkwürdig, aber ansonsten gefiel es ihr in diesem Hause sehr gut. Zum Abschied schenkte ihr eine der Töchter ein Buch, in dem das Leben und die Regeln der ‚bons hommes' beschrieben wurden.

Es kam nun, wie es wohl kommen musste für eine Frau ihrer Zeit, sie heiratete einen Gesellen ihres Vaters, damit das Geschäft weiter bestehen konnte. Der Vater hatte jedoch im Ehevertrag darauf bestanden, dass die Hälfte des Vermögens im Besitz seiner Tochter Bernadette verbleiben sollte.

Die Ehe stand unter keinem guten Stern, denn von den zahlreichen Kindern verstarben die meisten noch als Babys, nur ein kleiner Junge überlebte. Der Ehemann forderte von seiner Frau, dass sie ihm auch die Hälfte ihres vom Vater geerbten Vermögens überschreiben solle.

Sie tat dies nicht und so bezichtigte er sie der Ketzerei. Als Beweis dafür zeigte er bei Gericht das Buch über die Katharer, das seine Frau besaß. Damit war ihr Schicksal besiegelt, die Inquisition wandte alle Folterinstrumente an, bis Bernadette, wie übrigens alle Folteropfer, Dinge gestand, die sie nie begangen hatte. Sie galt nun für alle als Hexe, die auf dem Scheiterhaufen verbrannt wurde."

„Siehst du, Anne, du sitzt hier also mit der Nachfahrin einer Hexe zusammen."

Nun verstand Anne, warum Isabelle ihr die Folterinstrumente im Museum so genau erklären konnte. Sie erfuhr von Isabelle, dass sie auch zum Vorstand des kleinen Museums gehöre. Die beiden Frauen saßen nach dem Essen noch eine Weile zusammen und erzählten und tauschten Adressen und Handynummern aus. Sie verabredeten sich für das kommende Wochenende zu einer Fahrt nach Villefranche. Isabelle wollte

Anne diese pittoreske kleine Stadt am Rande der Pyrenäen zeigen, die für ihre Ahnin damals zum Verhängnis geworden war und heute wegen ihrer mittelalterlichen Häuser und engen Straßen eine Touristenattraktion darstellte.

Am nächsten Wochenende machten sie nach der Stadtbesichtigung von Villefranche auch noch eine Wanderung in den Pyrenäen, aber trotz aller Aufmerksamkeit gelang es Anne nicht, irgendeine Spur oder eventuelle Hinweise auf den Verbleib von Jasmin zu entdecken. Sie erzählte Isabelle von ihrer verschollenen Freundin. Isabelle fand dieses schnelle Verschwinden von Jasmin merkwürdig, aber zugleich auch spannend.

Sie versprach Anne, dass sie ebenfalls die Augen offenhalten würde, falls sie irgendwie etwas von einer merkwürdigen Fremden in den Pyrenäen hören würde.

KAPITEL 5

Die Rückfahrt nach Deutschland über die „Autoroute du Soleil" verlief ganz glimpflich, obwohl, wie üblich, wieder viel Verkehr war. Dann begann wieder der Alltagstrott.

Als sie am nächsten Tag nach Hause kam, läutete das Telefon, es war ihre Schwester Maria.

„Na du, wie geht es dir denn so?"

„Frag mich etwas Besseres, Stress im Quadrat!"

„Ach, wirklich, das kann ich mir gar nicht vorstellen."

Anne körte den Sarkasmus, der aus Marias Worten sprach.

„Hast du wieder einmal einen langen Wochenenddienst hinter dir?"

„Du sagst es. Die Nacht von Samstag auf Sonntag habe ich im OP verbracht. Irgendein Heimwerker hatte sich bei seiner Arbeit einen Finger fast völlig abgesäbelt."

„Und, habt ihr ihn wieder annähen können?"

„Du weißt doch, das Nähen war schon immer meine Stärke."

Darauf mussten beide erst einmal laut lachen.

„Deinen Job möchte ich auch nicht geschenkt bekommen", meinte Anne, „aber meiner ist auch nicht viel besser. – Ständig mit dem Rücken zur Wand."

„Wieso?"

„Stimmt doch, wenn du Kurse gibst, fühlst du dich immer unter Beschuss und du stehst häufig mit dem Rücken zur Tafel oder zur Wand. Kannst du dir vorstellen, welche Auswirkungen das auf die Psyche hat?"

„Also Psychologie ist nun ganz und gar nicht mein Fach. Ich bin mehr für glatte Schnitte und saubere Nähte."

„Na ja, Spaß beiseite, ab und zu würde ich den ganzen Kram am liebsten hinwerfen."

„Da bist du nicht die Einzige. Aber da wir keine Millionärstöchter sind, sondern unsere Brötchen selbst verdienen müssen, werden wir eben weitermachen: Du mit dem Rücken zur Wand und ich mit dem Schneiden und Nähen."

„Du, ich muss auflegen, es läutet gerade an der Tür. Tschüss, bis bald."

Sie ging zur Türsprechanlage und fragte, wer da sei. Es war der Postbote, der nur schnell ein Einschreiben abgeben wollte.

Es waren die neuen Bankkarten und Pin- Nummern ihrer Bank. Wie sollte sie sich die denn nun wieder einprägen? Irgendeine Eselsbrücke musste sie sich einfallen lassen. Das Leben bestand in letzter Zeit nur noch aus Nummern: Kontonummern, Personalnummern, Pin-Nummern und anderen Codenummern, die man sich alle merken sollte.

Anne seufzte. Nummern waren nun wirklich nicht ihre Stärke. Die Menschen selbst wurden in letzter Zeit immer mehr nur noch zu einer Nummer. Natürlich konnten mit Nummern und Algorithmen Arbeitsabläufe vereinfacht werden, aber die Menschen verschwanden hinter diesen Ziffern immer mehr.

Sie erinnerte sich plötzlich an eine Nummer, die fast zu einer tumultartigen Szene geführt hatte.

Sie hatte mit ihrem Kurs damals über die erfreulichen Anfänge der Demokratie in der Weimarer Republik gesprochen, die dem Volk erstmals persönliche Freiheiten und Menschenrechte gebracht hatten. Danach war das allmähliche Abgleiten in das darauffolgende autoritäre, inhumane Hitlerregime mit dem Verlust der grundlegenden Menschenrechte umso fataler gewesen.

Thema der kommenden Stunde sollten die Nürnberger Prozesse und die Judenverfolgung sein. Für diese Stunde brauchte sie nun noch geeignetes Bildmaterial, um die Thematik auch visuell eindringlich zu präsentieren. Sie wählte einige Fotos und Videosequenzen aus.

Auf einem Bild sah man eine Halde abgelegter, teilweise zerbrochener Brillen, die achtlos aufgetürmt waren. Der nächste Ausschnitt zeigte einige ausgemergelte Arbeiter beim Ausheben einer Grube und das dritte Bild zeigte eine skelettartige Figur, auf deren Arm eine schwarze Nummer eingraviert war, die dem Betrachter sofort in die Augen sprang.

Sie wollte diese Szenen am Anfang der Stunde zeigen, um deutlich zu machen, dass hinter den nüchternen Zahlen und Nummern qualvolle Einzelschicksale standen.

Sie hatte öfters bemerkt, dass die Menschen regelrecht abstumpften, wenn man ihnen die große Zahl der Verfolgten des Dritten Reichs klarmachen wollte, denn sie konnten hinter dieser Masse keine einzelnen Individuen mehr erkennen. Aber gerade das war ihr ein Anliegen, dass sie erkennen sollten, dass eine einfache Nummerierung oder Codierung von Menschen schon an und für sich irgendwie unmenschlich war und dass diese Nummerierung dazu beigetragen hatte, dass die Vernichtungsmaschinerie der Nazis dermaßen brutal war. Als sie den Unterrichtsraum betrat, war es wieder einmal fürchterlich laut, in einer Ecke war eine ganz hitzige Diskussion. Als die Unruhe sich nun gar nicht legte, wollte sie wissen, was los sei.

„Walter, dann sag es ihr doch."

Anne sah ihn fragend an. Walter fing etwas zögernd an: „Sie haben letzte Stunde gesagt, dass wir heute über die Verbrechen gegen die Menschenwürde am Beispiel der Judenverfolgung sprechen werden, nicht wahr?"

Anne bestätigte dies. Walter fuhr daraufhin fort:

„Ich möchte Sie bitten, hier keine Unwahrheiten zu verbreiten."

Was er denn damit meine, wollte sie wissen, sie verstehe ihn bis jetzt noch nicht richtig. Walter erwiderte darauf: „Ich habe mit meinem Vater über die Juden gesprochen. Er hat mir erzählt, dass alle diese Gräueltaten, die man ihnen angeblich angetan hat, so nicht stimmen. Mein Vater sagte, dass die Alliierten nach dem Krieg das alles einfach so behauptet haben."

Nach dieser Bemerkung war es so ruhig im Saal, dass man eine Stecknadel fallen gehört hätte. Auch Anne sagte zunächst einmal nichts, sie war perplex, so etwas war ihr bisher noch in keinem ihrer Kurse passiert. Sie schaute Walter an.

Auch er fühlte sich nicht ganz wohl in seiner Haut, denn bisher hatte er noch nie gegen irgendwas in ihrem Kurs opponiert, er war vielmehr ein sehr aufmerksamer, ruhiger Zuhörer. Wie sollte sie nun adäquat reagieren? Ihn anbrüllen und ihm sagen, dass dies, was sie ihnen erklärte, geschichtlich gesicherte Fakten seien? Nein, das wäre das Letzte gewesen, was ihr eingefallen wäre. Ihre Mutter hatte ihr immer gesagt, dass Menschen, die schreien, Unrecht haben. Sie versuchte ganz sachlich zu bleiben.

„Walter schauen Sie doch einmal dieses Foto an, spricht das nicht für sich?"

Sie legte die Folie mit dem Bild des nummerierten KZ-Insassen auf den Overheadprojektor.

Walter zuckte nur mit den Achseln.

„Welche Beweiskraft soll solch ein Foto schon haben? Das kann man doch alles im Nachhinein so montieren. Wenn Sie wollen, kann ich Ihnen so etwas Ähnliches auch heutzutage als ‚authentisches' Bildmaterial herstellen. Das bringt doch jeder einigermaßen geübte Fotograf hin."

„Sie unterstellen also, dass diese Aufnahmen gefälscht sind? Es gibt schließlich auch noch anderes Bildmaterial aus dieser Zeit. Haben Sie im Fernsehen nicht die Dokumentarfilme gesehen, die bei der Befreiung des KZ Auschwitz und der anderen Lager gedreht wurden?"

„Doch, das habe ich. Mein Vater sagt, dass das alles gestellt sei. Nichts daran sei echt, „Fake News" eben. Da können Sie sich genauso gut irgendeinen Hollywoodfilm anschauen."

„Moment mal", Anne musste sich zur Ruhe zwingen, „glauben sie wirklich, dass Schauspieler sich bis zum Skelett abmagern lassen, nur um eine Rolle in einem Film zu bekommen und dies nicht nur in einem Einzelfall, sondern dreißig, vierzig und fünfzig Schauspieler auf einmal? Glauben Sie das wirklich? Und woher nahmen die Regisseure die vielen bis zum Gerippe abgemagerten Toten, die man in diesem Film sieht?"

„Alles nur Trickaufnahmen. Sie wissen doch, dass die Amis sich ganz gut auf ‚special effects' verstehen. Und bei diesen Filmen haben sie sie so eingesetzt, dass alles täuschend echt aussah. Aber, wie gesagt, es ist eben alles eine große Täuschung."

Wie konnte Anne ihm das nur widerlegen?

„Hat ihr Vater Ihnen denn auch von den Nürnberger Prozessen erzählt, in denen die Judenmorde exakt, anhand der von den Nazis selbst erstellten Statistiken, aufgedeckt wurden? Es gab exakte Deportationslisten.

Der Kommandant von Auschwitz hat zum Beispiel genau vermerkt, wie viele Kilo Zyklon B er verbrauchte, um die Juden zu vergasen. Es gibt von den meisten Lagern akribisch geführte Listen mit der Zahl der Neuzugänge und der Zahl der Ermordeten. Diese Listen sind auch heute noch vorhanden. Im Nürnberger Prozess gab es schließlich auch Geständnisse. Viele der Nazi-Größen haben sich zwar damit entschuldigt, dass sie nur unter Befehl so gehandelt hätten, aber die meisten mussten sich doch unter der Beweislast der Fakten geschlagen geben. Sie können doch wohl heute diese Fakten nicht einfach leugnen, denn dann müssten sie auch alle anderen historischen Zeugnisse, die Sie nicht selbst erlebt haben, für unwahr halten."

Walter nickte nur kurz, als sie geendet hatte. Sie hoffte schon, dass er diese Fakten nun auch anerkennen würde.

„Das ist Ihre Sicht der Dinge. Wollen Sie nun also sagen, dass mein Vater lügt?"

Oh Gott, das war nun ein heikles Feld. Dieser junge Mensch, der dort vor ihr saß, tat ihr plötzlich leid. Sie bemerkte erst jetzt so richtig, in welchem Dilemma er sich befand. Zu Hause wuchs er anscheinend in einem Umfeld auf, das ihm suggerierte, die Deutschen seien nicht schuld am Völkermord an den Juden, dies sei nur eine Lüge, welche die damaligen Sieger verbreitet hatten, um die Deutschen auf moralischem Feld ins Aus zu drängen.

Hier in ihrem Kurs wollte sie ihn nun genau vom Gegenteil überzeugen. Für ihn war sie doch nur eine

Lehrende, die das nachbetete, was man ihr eingetrichtert hatte. Sie überlegte nochmals und sagte dann ganz ruhig: „Unser heutiges Thema ist die Judenverfolgung. Ich selbst habe zu dieser Zeit noch nicht gelebt, also muss ich mich auf die Fakten verlassen, welche die Geschichtswissenschaft hierzu zusammengetragen hat. Ich habe einige Texte dazu für Sie kopiert.“

Walter nahm keine Kopie, sondern fragte, ob er den Raum verlassen könne. Dies war natürlich eine Provokation und wurde von den anderen Teilnehmern auch so verstanden. Jemand von hinten sagte laut und deutlich: „Anwesenheitspflicht“.

Anne nickte jedoch nur kurz und sagte:

„Meinetwegen, gehen Sie.“

Sie merkte an dem Gemurmel, das nun plötzlich einsetzte, dass man ihr diese Reaktion als Schwäche auslegte. Sie wartete, bis Walter das Zimmer verlassen hatte und sagte dann: „Soll ich jemanden niederknüppeln, wenn ich ihn nicht überzeugen kann? Soll ich ihm meine Sicht der Dinge mit Gewalt aufs Auge drücken? Vielleicht beginnt er, draußen vor der Tür über diese Dinge nachzudenken und sich zu überlegen, warum wir ihn nicht zwingen, am Unterricht teilzunehmen.“

Die Stunde verlief danach wieder in ruhiger und sachlicher Atmosphäre. Am Ende der Stunde war Anne nachdenklich nach Hause gegangen. Sie wusste, dass in bestimmten Kreisen in letzter Zeit sogenannte ‚Listen‘ über vermeintlich linke Journalisten, Richter, Lehrer oder Verleger existierten, die in den sozialen Medien attackiert wurden. Begann wieder eine neue Verfolgungsjagd?

Vielleicht hätte sie ihrem Kurs doch aus einigen Aufzeichnungen vorlesen sollen, die sie beim Ausräumen ihres alten Hauses gefunden hatte.

KAPITEL 6

Anne war es gelungen, einige Eintragungen aus dem alten, ausgefransten Heft zu lesen, das sie auf dem Dachboden gefunden hatte. Die alte Sütterlinschrift machte ihr zwar viel Mühe, aber sie war einfach interessiert an den Tagebuchnotizen dieser vergangenen Zeit, die sie nur aus den Erzählungen ihrer Oma oder ihrer Eltern kannte. Sie wusste nicht genau, wer diese Tagebuchnotizen aufgeschrieben hatte, bisher hatte sie noch keinen Verfasser ausfindig machen können. Sie vermutete jedoch, dass es das geheime Tagebuch ihrer Oma Anna war. Eine dieser Eintragungen hatte sie besonders interessiert: Kathrin stand in der Küche und spülte das Geschirr vom Mittagessen ab. Ihre Mutter hatte noch ein paar Einkäufe zu erledigen. Ihre Schwester und die Brüder würden erst am Abend von ihrer Arbeit nach Hause kommen. Es war sehr schwül. Dunkle Wollen zogen am Horizont auf. Ein heftiger Wind ließ die Äste des Kirschbaums im Garten rauschen. Es würde wohl ein Gewitter geben.

Da klopfte es an der Haustür. Wer mochte das wohl sein?

Kathrin vermutete, dass es die Nachbarin von gegenüber wäre, denn sie hatte ihr versprochen, einige Kräuter aus ihrem Garten vorbei zu bringen.

Sie öffnete schnell die Tür und erschrak heftig, denn sie sah zwei baumlange Kerle in Uniform. Einer von ihnen sagte: „Schmitt, von der Geheimen Staatspolizei, und dies ist mein Kollege Müller."

Sie werden doch wohl nicht wegen Vater kommen, schoss es Kathrin durch den Kopf. Sie wusste, dass er am Vorabend wieder BBC gehört hatte. Hatte der Blockwart ihn und seinen Bruder vielleicht dabei ertappt? Dann war er höchst gefährdet. Sie würde ihnen nicht verraten, wo er war. Sie hatte Angst, riesengroße Angst.

„Wo ist ihr Bruder Niklas?", fragte derjenige, der sich als Schmitt vorgestellt hatte.

Was wollten die beiden denn von Niklas? Niemand konnte ihm irgendwas vorwerfen. Kathrin gewann ihre Fassung allmählich wieder und es gelang ihr, dem forschenden Blick der grau-grünen Augen standzuhalten.

„Niklas ist beim Arbeitsdienst in der Nähe von Mainz. Was wollen sie denn von ihm?"

„Er ist doch Bezirksleiter der christlichen Jungschar, nicht wahr?"

„Ja, das stimmt", sagte Kathrin und überlegte, inwiefern das von Interesse war für die Herren von der Gestapo.

„Wissen Sie nicht, dass alle Jugendgruppen, die nicht zur HJ (Hitlerjugend) und zum BDM (Bund deutscher Mädchen) gehören, aufgelöst und der Staatsjugend gleichgeschaltet werden? Haben Sie denn nicht die entsprechenden Nachrichten an Ihrem Volksempfänger gehört?", wollte der stämmige Müller wissen.

Kathrin verneinte schuldbewusst. Sie konnte den beiden doch schlecht erzählen, dass man in ihrem Haus die Nachrichten von Hitler und seinen neuesten Geboten und Verboten nicht so intensiv verfolgte wie das, was der Kanal der Engländer ausstrahlte.

„Sie leiten doch auch eine Mädchengruppe, stimmt das?", hakte der hagere Schmitt nach.

„Ja, das stimmt", gab Kathrin zu. Und am liebsten hätte sie noch hinzugesetzt: Und die Gruppe macht mir großen Spaß. Lasst eure Hände weg von meiner Gruppe. Das unterließ sie jedoch. Nur nicht provozieren, dachte sie bei sich.

„Ihr Bruder hat ja eine hohe Stelle bei eurem christlichen Verein. Man hat ihn vor kurzem zum Dekanatsleiter ernannt. Wir sind beauftragt, alle seine Unterlagen zu beschlagnahmen. Wo ist denn sein Büro?", blaffte Schmitt Kathrin in scharfem Ton an.

„Büro? Er hat kein richtiges Büro, er hat nur einen Schreibtisch und ein paar kleine Regale in seinem Zimmer neben seinem Bett, das ist alles", brachte Kathrin mühsam heraus.

Die beiden Gestapoleute schauten sie entgeistert an,

„Sie wollen uns wohl für dumm verkaufen? Die Nummer zieht bei uns nicht. Nehmen Sie sich in Acht. Sie haben schließlich auch gegen das Gesetz gehandelt, weil sie Ihre Mädchengruppe noch nicht aufgelöst haben. Zeigen Sie uns das Zimmer von Niklas, aber ein bisschen plötzlich."

Kathrins Knie begannen weich zu werden, in diesem Ton hatte noch nie jemand mit ihr gesprochen. Sie fühlte sich hilflos und ausgeliefert. Warum musste gerade heute niemand von der Familie zu Hause sein?

„Na, wird's bald?", herrschte der Hagere sie an.

„Erschreck doch das hübsche Fräulein nicht so", sagte der Stämmige und wollte nach ihr grapschen. Sie wich ihm jedoch schnell aus.

„Gehen Sie in den ersten Stock. Das Zimmer meines Bruders Niklas ist das erste auf der linken Seite. Dort hat er alle seine Unterlagen."

Anzüglich lächelnd meinte Müller: „ Na, Schätzchen, begleite uns doch zum Schlafzimmer. Vielleicht finden wir da ja auch noch eine andere nette Beschäftigung.“

Kathrin wurde blass.

Da klopfte es an der Tür. Es war die alte Nachbarin, die Kathrin, wie versprochen, einige Küchenkräuter vorbeibringen wollte. Sie hatte den fremden Wagen gesehen und die Uniformierten. Sie wusste auch, dass Kathrin allein zu Hause war. Beim Eintreten tat sie ganz naiv: „Kathrin, hier habe ich Petersilie und Schnittlauch, wie ich es die heute Morgen versprochen habe. Oh, du hast Besuch? Das wusste ich doch gar nicht.“

„Das geht Sie auch gar nichts an. Geben Sie dem Fräulein die Kräuter und verschwinden Sie.“

„Nein, Tante Angela kann ruhig bleiben. Sie gehört quasi zur Familie.“

Kathrin wunderte sich über sich selbst, wie bestimmt sie das gesagt hatte.

Schmitt sagte nur knapp: „Zeigen Sie uns jetzt das Zimmer.“

Kathrin sah Tante Angela fragend an. Die verstand und sagte: „Ich begleite Sie. Kommen Sie meine Herren, damit Sie in Ruhe Ihrer Dienstpflicht nachkommen können.“

Sie stiegen gemeinsam die Treppe hoch. Kathrin öffnete das Zimmer ihres Bruders und sagte nur kurz: „Bitte, hier.“

Die beiden Gestapoleute schauten sich verwundert an. Dieses kleine Zimmer sollte das Schlaf- und Arbeitszimmer eines der ranghöchsten Jungscharführer sein? Merkwürdig!

„Wir möchten auch alle anderen Zimmer im Haus sehen“, verlangte Schmitt.

Kathrin schaute Angela an, die nickte nur kurz.

„Wie sie wollen, natürlich", sagte sie und zeigte ihnen das Schlafzimmer ihrer Eltern, ihr Zimmer und das ihrer Schwester und schließlich das Zimmer der Zwillinge.

„Ist das alles?", fragte Müller.

„Ja, mehr Zimmer gibt es hier nicht.", entgegnete Kathrin.

„Moment mal, da geht ja noch eine Treppe ganz nach oben. Komm mit, Hans, das sehen wir uns einmal an!"

Damit gingen die beiden die Treppe hoch.

Angela grinste Kathrin an, aber diese war noch zu sehr eingeschüchtert, um ihr Grinsen erwidern zu können. Die beiden Uniformierten stiegen nämlich über die alte ausgetretene Sandsteintreppe zum ehemaligen Getreidespeicher. Die einzigen lebenden Wesen dort oben waren ein paar kleine Mäuschen. Ob die allerdings ein Büro und einen Schreibtisch hatten? Danach suchten die beiden ja offensichtlich. Man hörte oben hastige Schritte und dann kamen sie auch schon polternd die Treppe hinunter.

„Wer denkt denn auch sowas?", sagte Schmitt zu Müller.

Damit stapften sie dann nochmals in das Zimmer von Niklas und begannen dort nach Unterlagen und Dokumenten zu suchen.

Angela legte einen Finger auf ihre Lippen, zum Zeichen, dass Kathrin ganz still sein sollte und deutete mit der Hand nach unten. Leise stiegen die beiden Frauen die Treppe hinunter.

„Kathrin, du bist ganz blass. Ich mache dir einen Kaffee."

„Angela, dich hat der Himmel geschickt. Den Kerlen dort oben traue ich alles zu und alleine hätte ich mich gegen sie nicht wehren können. Du verstehst doch, was ich meine?“

„Ja, Kind, deshalb bin ich auch so schnell rübergekommen. Ein Glück nur, dass ich das Auto gesehen habe. Als ich die beiden in ihrer Gestapo-Uniform sah, ahnte ich nichts Gutes.“

Kathrin setzte sich auf einen Stuhl und stützte das Kinn in die Hände: „Was können sie denn gegen Niklas unternehmen?“

„Mach dir keine Sorgen, Kathrin. Das passiert im Moment überall im Land. Hitler hat außer den eigenen Jugendorganisationen alle anderen für aufgelöst erklärt. Im offiziellen Sprachjargon werden sie: ‚gleichgeschaltet‘. Wenn Niklas sonst nichts gegen ihre Vorschriften getan hat, können sie ihm nichts anhaben.“

Über ihnen polterten Sachen auf den Boden. Kathrin zuckte zusammen, wahrscheinlich schmissen sie da oben alles auf den Boden.

„Diese Schweine“, murmelte Angela. Die Schritte über ihnen stapften von einem Zimmer zum nächsten.

Ständig fiel irgendwas herunter. Angela versuchte nicht zu zeigen, dass sie auch Angst hatte. Sie wollte Kathrin nicht noch mehr beunruhigen.

„Trink vom Kaffee, der wird dir guttun.“

Sie nippte ein bisschen und horchte dann wieder nach oben. Endlich hörte man Stiefelgeklapper auf der Treppe.

„So mein schönes Kind, da oben haben wir jetzt einmal gründlich aufgeräumt“, höhnisch grinste der dicke Müller sie an, „wenn du uns dabei geholfen hättest, hätte es noch viel mehr Spaß gemacht.“

Er trug einige Aktenordner unter dem Arm. Sein Kollege wedelte mit einem Formular vor Kathrins Gesicht herum und sagte zu ihr: „So, das müssen Sie jetzt unterschreiben, wenn nicht, sehen wir uns gezwungen Sie mitzunehmen.“

Sein Blick, der sie musterte, war eisig.

„Was ist das denn?“, wollte Kathrin wissen.

„Das ist die Erklärung, dass sie Ihre bestehende Mädchengruppe auflösen und die Mädchen auffordern werden, in den BDM überzutreten.“

Kathrin zögerte.

„Sie legt Wert darauf, uns zu begleiten“, feixte Müller, der hinter Schmitt stand.

Kathrin nahm den Stift, den Schmitt ihr reichte.

„Wo muss ich unterschreiben?“, fragte sie kurz.

„Hier“, Schmitt deutete auf die rechte Ecke des Blattes. Kathrin unterschrieb.

„Schade“, ertönte es hinter Schmitt, „wir hätten bestimmt noch viel Spaß miteinander haben können.“

Angela öffnete die Tür: „Darf ich die Herren hinausbegleiten?“

Mit einem schneidigen „Heil, Hitler“ verabschiedeten sich die beiden.

Angela schloss die Tür hinter ihnen und die beiden Frauen sahen durch das Fenster zu, wie die Gestapoleute die Akten ins Auto luden und dann davonfuhren. Beide sahen sich an und sagten zunächst nichts.

„Das war richtig, du musstest unterschreiben, dir blieb keine andere Wahl“, sagte Angela nach einer Weile.

Kathrin legte die Hände vors Gesicht und begann zu schluchzen.

KAPITEL 7

Anne telefonierte mit Bärbel, denn sie wollte wissen, ob diese etwas erfahren hatte von der besinnungslosen Frau, die sie auf dem Schlangenweg gefunden hatten. Ihre Freundin wusste aber auch nur, dass sie aus dem Krankenhaus entlassen worden war und dass sie nun in einer Reha-Klinik war. Anne erzählte Bärbel von ihrer Spurensuche nach Jasmin in Südfrankreich und von Isabelle Duchamp, die sie in Carcassonne getroffen hatte. Bärbel war ganz interessiert, sie wollte auch unbedingt mit der Suche weitermachen. Im Moment hatte sie jedoch wenig Zeit dazu, denn sie bereitete eine längere Tour nach Brasilien vor.

Eine ihrer Freundinnen hatte sich beurlauben lassen und arbeitete seit einiger Zeit in einem caritativen Jugendzentrum in den Favelas von Rio de Janeiro. Sie hatte Bärbel eingeladen, sie doch einmal zu besuchen und so hatte sie beschlossen, ihren nächsten Jahresurlaub dort zu verbringen.

Anne sagte, dass sie die verunglückte Frau gerne besuchen wollte. Bärbel wusste jedoch auch nicht, in welcher Reha-Klinik die Frau lag. So beschloss Anne bei der Polizeistation anzurufen, die sich damals um den Fall gekümmert hatte.

Zunächst war die Polizistin am Telefon ziemlich abweisend und meinte nur lakonisch, dass sie kein Auskunftsbüro für Neugierige seien.

Anne konnte sie dann aber durch die genaue Kenntnis des Hergangs der Tat überzeugen, dass sie eine der unmittelbaren Zeuginnen des Vorfalls gewesen war.

Darauf erzählte ihr die Polizistin, dass man die Handtasche der besinnungslosen Frau einige Zeit später in einem der Abfallkörbe am Philosophenweg gefunden hatte. Das Portemonnaie war sogar noch in der Tasche, aber das Geld und auch die Kreditkarten waren verschwunden. Man fand auch keinerlei Ausweise. Die Frau selbst konnte ebenfalls keine Auskunft geben, sie hatte einen totalen Blackout. Die Ärzte hatten die Polizei vertröstet und gemeint, die Polizisten sollten einfach noch eine Weile abwarten, denn es könne durchaus sein, dass es keine dauerhafte Amnesie sei, sondern dass das Erinnerungsvermögen nach dem Schockerlebnis langsam wieder einsetzen könne.

Die Polizei ging also von einem Raubüberfall mit Körperverletzung aus. Man versuchte nun, durch die Untersuchung von ähnlichen Raubdelikten, auf die Spur der Täter/ Täterinnen zu kommen. Dies könne aber lange dauern und manchmal müsse man diese Fälle leider auch in die Schublade der ungelösten Fälle einordnen, meinte sie seufzend. Anne erfuhr aber von ihr, dass die Frau in einer Reha-Klinik in Bad Wildbad sei. Sie beschloss, die unbekannte Frau an einem der nächsten Wochenenden zu besuchen. Sie tat ihr leid, denn, wie sie von der Polizistin erfahren hatte, hatte sich bis jetzt auch noch niemand von ihrer Familie gemeldet, der nach ihr gefragt hätte.

Sie rief in der Reha-Klinik an und vereinbarte einen Besuchstermin für das nächste Wochenende.

Man sagte zwar, dass sie kommen könne, aber höchstens für eine halbe Stunde und dass sie nicht zu viele Fragen stellen solle nach der Tat, da die Patientin doch noch sehr fragil und psychisch instabil sei.

Anne fuhr also hin und traf die schlanke, dunkelhaarige Frau, die sie damals auf dem Schlangenweg verletzt am Boden liegend gefunden hatten. Sie stellte ganz behutsam einige Fragen, wie es ihr gehe, warum sie hier sei und ob sie sich noch an irgendwas erinnern könne.

„Wie darf ich Sie denn anreden, welchen Namen haben sie denn?", wollte Anne wissen. Die Frau sah sie mit leeren Augen an und zuckte nur ratlos mit den Schultern: „Ich weiß nicht".

„Geht es Ihnen denn hier gut?", wollte Anne wissen.

„Ja", sagte die Angesprochene, mehr nicht.

Die Situation war recht trostlos, aber die Frau hatte sich über die Blumen und die Pralinen gefreut, die Anne ihr mitgebracht hatte und hatte ihr gedankt. Sie war also nicht ganz dement geworden durch den Schlag auf den Kopf und konnte ihr Verhalten auch noch steuern, aber die Erinnerung an die Tat war anscheinend nicht mehr präsent.

Anne war jedoch schon beim Eintreten ins Zimmer aufgefallen, dass auf dem kleinen Tisch in ihrem Zimmer ein schöner Blumenstrauß stand. Von wem der wohl war?

„Da haben sie einen sehr schönen bunten Strauß. Die Klinik scheint wohl recht aufmerksam gegenüber ihren Patienten zu sein."

War da nicht ein leichtes Erröten zu bemerken, als die Frau leise ‚Ja' sagte?

Anne merkte, dass ein richtiges Gespräch nicht möglich war und wollte jedoch wissen, ob sie nochmals zum Besuch kommen dürfe. Auch diese Frage wurde mit einem kurzen ‚Ja' beantwortet.

Beim Hinausgehen traf Anne eine der Pflegerinnen und fragte sie, ob die Frau mit dem Gedächtnisverlust denn außer ihr überhaupt keinen Besuch bekomme.

„Doch, ich glaube schon", sagte die junge Frau, „ab und zu kommt ein Mann und erkundigt sich nach ihr. Er hat gesagt, dass er ihr ehemaliger Wohnungsnachbar sei und gehört habe, dass sie verunglückt sei. Er kommt immer nur ganz kurz und bringt Blumen mit."

Diese Auskunft war recht interessant für Anne, dieser Spur musste sie unbedingt nachgehen.

KAPITEL 8

Es war schon dunkel, als sie aus der Tiefgarage kam. Im Garten hinter dem Mannheimer Schloss sah sie nur noch einige wenige Studenten, die gerade ihre Frisbee- Scheibe einpackten und langsam weggingen. Sie ging zum Haupteingang des Mannheimer Schlosses, das in der abendlichen Beleuchtung festlich erstrahlte. Sie hatte sich mit einer Kollegin verabredet und sie wollten an diesem Abend ein Konzert des Kurpfälzischen Kammerorchesters besuchen. Sie hatte sich schon den ganzen Tag darauf gefreut.

Das Kurpfälzische Kammerorchester spielte meistens im Rittersaal des Schlosses, in der sogenannten ‚guten Stubb', wie die Mannheimer diesen prachtvoll ausgemalten Saal nannten. Das Orchester blickte zurück auf eine lange Tradition, denn es existierte schon unter dem Kurfürsten Carl Theodor im 18. Jahrhundert. Das Kammerorchester hatte es sich zur Aufgabe gemacht, die Werke der berühmten ‚Mannheimer Schule' immer wieder aufzuführen. In ihrem Repertoire waren natürlich auch andere, spätere Werke von der Klassik bis zur Neuzeit, aber ein Schwerpunkt waren doch die Vertreter der Mannheimer Schule wie Danzi, Richter, Vogler und auch Stamitz, der in der Zeit von Carl Theodor lange Zeit der Leiter des Orchesters gewesen war.

Heute Abend stand das Konzert für Klarinette und Orchester, Es-Dur, von Stamitz auf dem Programm.

Ein weiteres Highlight des Abends sollte das Klavierkonzert Nr. 23 von Wolfgang Amadeus Mozart sein. Eine junge armenische Pianistin, Marianna Shirinyan, würde spielen. Darauf freute sie sich ganz besonders, denn sie hielt es für eines der schönsten Konzerte von Mozart.

Ja, Mozart hatte auch hier am Hof des Kurfürsten gespielt und hatte sich eine feste Anstellung erhofft, aber leider hatte dies nicht geklappt. Der Hof hatte damals Mozarts Genie anscheinend noch nicht in seinem wahren Ausmaß erkannt. Immerhin hatte Mozart seine spätere Frau, Konstanze Weber, hier kennen gelernt, so dass durch diese Verbindung doch noch etwas von Mozarts späterer Strahlkraft mit dem Namen der Stadt Mannheim eng verbunden war.

Der Rittersaal war schon zur Hälfte besetzt, als sie eintrat. Ihre Kollegin war schon da und winkte ihr. Sie hatten an diesem Abend keine Plätze mehr in den vorderen Reihen bekommen und saßen ziemlich in der Mitte. Wie immer vor einem Konzert herrschte ein Kommen und Gehen, man begrüßte und unterhielt sich und war guter Stimmung in der Erwartung des Konzerts.

Dann wurde es ruhiger, denn die Musiker kamen mit ihren Instrumenten durch die große Flügeltür des Saals hereinmarschiert. Kurz nach ihnen kam auch der Dirigent und dann wurde es ruhig in den Reihen der Zuhörer. Alles lauschte den Klängen des Kurpfälzischen Kammerorchesters. Das Orchester spielte wie immer sehr professionell und der junge Klarinettist glänzte mit seinen Solostellen.

Einige recht junge Musiker aus der Bläsergruppe stachen besonders hervor, einer davon, ein Querflötist bekam am Schluss sogar einen Sonderapplaus.

Zwei Reihen vor ihr fiel einer Frau das Programmheft auf den Boden und als sie es aufhob, war Anne plötzlich irritiert, denn dieses Muttermal am Hals, das kannte sie doch, das hatte sie immer wieder gesehen, denn es hatte eine eigenartige Form, wie eine kleine Fliege – das musste Jasmin sein. Bei keinem anderen Menschen hatte sie bisher ein Muttermal in dieser charakteristischen Form gesehen. Sie betrachtete die Frau genauer, nein, wahrscheinlich hatte sie sich doch getäuscht. Die Haarfarbe stimmte nicht so ganz und die Frisur auch nicht. Jasmin hatte immer einen kessen Kurzhaarschnitt gehabt, denn, so erklärte sie es: „Zum Frisieren habe ich einfach keine Zeit."

Diese Frau vor ihr trug ihre dunkelblonden Haare sorgfältig frisiert, das konnte nicht Jasmin sein. Trotzdem ließ Anne die Frau nicht aus den Augen. Sie sah, wie sie während der Pause mit ihren Begleitern, einer Frau und einem Mann, nach draußen ins Foyer ging und mit ihnen ein Glas Sekt trank. Anne und ihre Kollegin tranken ebenfalls einen Sekt und Anne gelang es, unauffällig in die Nähe der beobachteten drei Personen zu kommen. Sie merkte bald, dass die Leute Schwyzerdütsch sprachen, also musste sie sich wohl getäuscht haben. Andererseits wusste sie, dass Jasmin einige Jahre in Zürich gearbeitet hatte, vielleicht hatte sie es dort gelernt. Sie sah, dass die angebliche Jasmin ihre beiden Begleiter zu einem der großen Fenster lotste und hörte, dass sie versuchte, ihnen die Anordnung der Mannheimer Quadrate zu erklären.

Eine Sache, die für viele Touristen, aber manchmal auch für die Einheimischen nicht immer leicht zu verstehen war und häufig zu Missverständnissen führte. Also musste diese ‚Jasmin' doch wohl Deutsche sein, denn Anne hörte, dass sie sagte: „Der Kurfürst begann vom Schloss aus mit der Nummerierung der Quadrate und so kann man von hier aus das Quadrat A sehen, denn er wollte in seinem Schloss, wie alle Barockfürsten, der Erste der Stadt sein."

Das war doch Insiderwissen.

Nun läutete es und die Pause war zu Ende.

Die junge Pianistin erschien am Klavier und Anne konzentrierte sich auf das wunderschöne Klavierkonzert von Mozart.

Immer wieder einmal betrachtete sie die zwei Reihen vor ihr sitzende Frau, die entweder Jasmin selbst war oder eine Doppelgängerin, denn selbst die Kopf – und Körperhaltung glich genau derjenigen, die sie von Jasmin kannte.

Nach dem Konzert hatte sie es eilig und verabschiedete sich schnell von ihrer Kollegin, die sich darüber wunderte, denn eigentlich wollten sie noch eine Kleinigkeit essen gehen. Anne entschuldigte sich aber damit, dass sie plötzlich Kopfschmerzen bekommen habe. Sie lud die Kollegin für nächstes Wochenende zu sich ein und verschwand dann Richtung Tiefgarage, denn sie hatte gesehen, dass ‚Jasmin‘ mit ihrer Begleitung ebenfalls dorthin ging. Sie versuchte, ihnen unauffällig zu folgen und sah, dass sie in ein Auto mit Genfer Kennzeichen einstiegen. Hinter einem Pfeiler stehend versuchte sie, sich das Autokennzeichen zu merken.

Als der Wagen zurücksetzte, sah sie hinten einen Aufkleber, auf dem CERN stand.

CERN, das sagte ihr doch was. Genau, das war doch dieses Zentrum für physikalische Grundlagenforschung, wo man den Aufbau der Materie erforschte. Sie hatte in der Zeitung von dem riesigen Teilchen-beschleuniger LHC gelesen, in dem man versuchte, die kleinsten Teilchen der Materie zu erforschen.

Irgendwie merkwürdig, welche Verbindung hatte Jasmin denn zum CERN? Sie wusste zwar, dass ihr Mann Physiker war, aber sie selbst hatte doch mit dieser Materie nichts zu tun, sie war doch eher sprachlich interessiert.

Sie musste unbedingt mit Bärbel telefonieren und ihr das Ganze erzählen. Bärbel war zwar ebenfalls verwundert, aber sie wusste etwas genauer Bescheid, denn sie hatte, als sie eines Nachmittags bei Jasmin war, einen Schweizer Kollegen ihres Mannes kennengelernt und sie erinnerte sich noch daran, dass er sagte, er arbeite im CERN. Vielleicht war das des Rätsels Lösung, dass Jasmin seit einigen Tagen bei diesen Bekannten in Genf war, vielleicht war ihr in Heidelberg alles zu viel geworden.

Es war jedoch erstaunlich, dass sie sich überhaupt nicht bei ihnen beiden gemeldet hatte, wenn sie schon hier in der Gegend war. Sie rätselten noch eine Weile an dem Fall herum, bis Bärbel sagte, dass sie jetzt aber ins Bett müsse, da ihr Flug nach Brasilien am nächsten Morgen recht früh starten würde.

Anne versprach ihr, dass sie weiterhin versuchen wollte am Ball zu bleiben, denn das Ganze wurde immer mysteriöser.

Sie würde sie über Facebook oder WhatsApp informieren, sobald sich etwas Neues ergab.

Am nächsten Abend rief Anne Jasmins Mann an. Sie tat ganz naiv und wollte wissen, wie es ihm gehe und ob er etwas Neues von Jasmin erfahren habe.

„Nein, ich bin erst vor einer halben Stunde von einem Flug nach Südamerika zurückgekommen. Von Jasmin habe ich immer noch keine Nachricht, allmählich mache ich mir Sorgen. Morgen werde ich nochmals bei der Polizeistation vorbei gehen und Jasmin nun endgültig als vermisst melden. Ihre Arbeitsstelle hat mich nämlich informiert, dass sie vor zwei Wochen dort um eine Beurlaubung gebeten habe, aber diese Zeitspanne ist doch längst vorbei. Hast du denn eine Ahnung, wo sie sein könnte?"

Nun ja, was sollte sie sagen? Sie versuchte es diplomatisch: „Gibt es denn irgendwelche Verwandten oder Bekannten, wo sie für eine Weile hingegangen sein könnte? Was hat sie denn so aus der Bahn geworfen, das ist doch gar nicht ihre Art, einfach abzuhauen?"

„Nun ja, du weißt doch, dass ich immer sehr viel beruflich unterwegs sein muss. Das hat ihr in letzter Zeit sehr zugesetzt. – Ach, übrigens, hast du etwas von der verletzten Frau gehört?"

Anne erzählte ihm, dass die Frau in einer Reha-Klinik in Bad Wildbad sei und sich an den Vorfall nicht erinnern könne. Irgendwie schien er erleichtert, das zu hören.

Sie verabredeten noch, sich gegenseitig zu informieren, falls sie etwas Neues von Jasmin oder von der verletzten Frau erfahren würden.

KAPITEL 9

Am nächsten Morgen gegen acht Uhr läutete das Telefon, es war die Polizistin, mit der sie vor einigen Tagen telefoniert hatte. Sie fragte, ob Anne zum Revier kommen könne, denn sie hatten in der Nacht zwei junge Männer festgenommen, die eine Frau zu Boden gestoßen und ihr die Handtasche geklaut hatten. Der Fall erinnerte die Kommissarin ganz stark an den Fall der bewusstlosen Frau auf dem Schlangenpfad. Anne solle doch bitte kommen und sich die beiden anschauen. Vielleicht hatten sie ja Glück und es waren wirklich die beiden, die sie suchten.

Anne beeilte sich und wurde von der Polizistin in einen leeren Raum geführt mit einer abgedunkelten Scheibe, die aber auf ihrer Seite durchlässig war, so dass sie auf der anderen Seite zwei Männer sehen konnte. Die Polizistin schaute sie gespannt an. Ja, Anne erkannte sie, es waren die zwei jungen Männer, die ihr damals aufgefallen waren. Die Polizistin strahlte über das ganze Gesicht: „Endlich, jetzt haben wir etwas in der Hand und müssen sie nicht wieder laufen lassen. Wenn Sie wollen, können Sie von hier aus jetzt beobachten, wenn wir die beiden jungen Männer verhören. Keine Bange, die beiden können Sie nicht sehen, denn die Scheibe ist nur von dieser Seite hier durchsichtig.“

Okay, das würde sie machen. Vielleicht ergaben sich ja doch noch einige Neuigkeiten zur Lösung des Falles.

Sie hörte, wie die Kommissarin und ein Kollege im Nebenraum sagten: „Also, Leugnen ist jetzt sinnlos, denn wir haben eine Zeugin, die sie beobachtet hat, als sie der Frau die Handtasche klauten."

„Das kann gar nicht sein, denn zu der Zeit war niemand zu …", der junge Mann stoppte plötzlich.

„Blödmann", zischte sein Kollege ihn an.

Die beiden Kommissare zwinkerten sich zu und grinsten den ‚Blödmann' an.

„Vollenden Sie doch Ihren Satz, bitte, denn er ist für uns sehr aufschlussreich. Sie waren also zum fraglichen Zeitpunkt auf dem Schlangenweg und haben die Frau gesehen, sie auf den Boden geworfen und ihre Handtasche geklaut, nicht wahr?"

„Nein, nein, so war es nicht. Wir haben der Frau nichts getan, gar nichts", stammelte er, puterrot im Gesicht.

„Nun, das werden wir herausbekommen, denn die Handtasche, die sie in den Abfallkorb geworfen hatten, haben wir gefunden. Die Spurensicherung hat sich damit auch schon ausreichend beschäftigt und zahlreiche Fingerabdrücke darauf gefunden. Es wird für uns ein Leichtes sein, diese Abdrücke mit Ihren Fingerabdrücken zu vergleichen. Glauben Sie nicht auch?"

Die beiden schauten sich unsicher an.

Die Kommissarin erklärte ihnen: „Wissen Sie, jemanden zu bestehlen, das ist vor dem Gesetz ein einfacher Raub, aber jemanden dabei auch noch schwer zu verletzen, das wiegt vor Gericht viel schwerer, denn das ist Raub mit Körperverletzung oder sogar noch mehr, denn es hätte ja möglich sein können, dass die Frau bei ihrem Sturz so unglücklich auf dem Boden aufkommt, dass sie möglicherweise sogar stirbt."

Jetzt merkte man den beiden an, dass sie allmählich ihre ganze Coolness verloren. Einer meinte dann auch zum andern: „Komm, jetzt sagen wir, wie es wirklich war. Wir lassen uns doch keine schwere Körperverletzung anhängen."

Der andere nickte zustimmend: „Okay. Wir haben die Handtasche geklaut, aber wir haben die Frau nicht geschubst und nicht verletzt."

„Warum lag sie denn dann am Boden, vielleicht nur so zum Spaß?", fragte der Kommissar.

„Nein", erwiderte derjenige, der den anderen ‚Blödmann' genannt hatte.

„Die Frau lag doch schon bewusstlos am Boden, als wir hinkamen. Wir mussten an dem Tag Beute machen, denn wir hatten kein Geld mehr. Also war sie für uns das geeignete Opfer, wir konnten sie bestehlen, ohne dass sie uns später erkannt hätte. Wir mussten uns an ihr nicht vergreifen."

„So, das sollen wir euch jetzt abkaufen? Wie erklärt ihr es euch denn, dass die Frau blutend am Boden lag?"

„Wir haben eigentlich nur schnell reflexartig nach der Handtasche gegriffen und sind abgehauen. Schließlich sollte uns niemand sehen, denn wir hörten Schritte von unten näherkommen."

„Du hast noch vergessen zu sagen, dass wir auch ganz oben jemanden sahen."

„Ja, stimmt, aber diese Person war ja schon recht weit weg, die konnte uns nicht gesehen haben."

„War es ein Mann oder eine Frau? Können Sie sie denn beschreiben?", hakte die Kommissarin nach.

Die Jungs schauten sich an und schüttelten den Kopf.

„Überlegen Sie noch einmal ganz genau, denn das könnte Sie vor Gericht entlassen. Schließlich könnte diese(r) Unbekannte doch auch der Täter sein, aber wenn wir gar keine Beschreibung haben, müssen wir ihn oder sie für ein Phantom halten und Phantome können wir nicht jagen.", meinte die Kommissarin.

„Wir sahen ja nur noch die Schuhe und einen Teil der Hose dieser Person", meinte einer der beiden.

„Welche Schuhe waren das denn: Lederschuhe oder Turnschuhe?" fragte der Kommissar.

„Also, ich glaube, es waren eher Lederschuhe, da bin ich sicher", meinte der andere.

„Und die Hose, war es eine Jeans?"

Nein, da waren sich die beiden sicher, blau war sie nicht und auch nicht so eng geschnitten wie eine Jeans.

Anne hielt im Nebenzimmer die Luft an, das waren vielleicht Neuigkeiten, die sie gerade erfahren hatte. Waren die jungen Männer eventuell nicht die eigentlichen Täter, sondern hatten nur die günstige Gelegenheit genutzt? Bärbel und sie hatten an dem Tag aber sonst niemanden auf dem Schlangenweg gesehen.

Natürlich konnte der Täter oder die Täterin auch von oben, vom Philosophenweg gekommen sein und die beiden kriminellen Taten waren hintereinander erfolgt: Erst hatte man die Frau auf den Boden geworfen und sie bewusstlos liegen gelassen und dann waren die beiden Diebe gekommen und hatten ihr die Tasche geklaut.

„Was stimmt denn nun?", wollte Anne von den beiden Kommissaren nach der Vernehmung wissen.

Die beiden waren aber etwas ratlos, meinten jedoch, dass man dieser neuen Spur ebenfalls nachgehen müsse. Es konnte zwar sein, dass die beiden Jungs sich damit nur selbst ein Alibi geben wollten. Unmöglich war es aber nicht. Schließlich war doch auch ihre

Freundin, Jasmin, seit dieser Zeit verschwunden. Ihr Mann hatte sie gestern offiziell für vermisst erklärt und ihnen mitgeteilt, dass sie auch ihre Arbeitsstelle verlassen hatte und um Beurlaubung gebeten hatte.

„Haben Sie denn etwas von Jasmin gehört?", wollten die Kommissare von ihr wissen. Was sollte sie nun sagen? Gehört hatte sie nichts von ihr und gesehen? Gesehen hatte sie sie eigentlich auch nicht. Sie hatte bei dem Konzert nur eine Frau gesehen, die Jasmin sehr ähnlichsah, mehr nicht.

„Nein, ich weiß nicht, wo Jasmin ist. Ihr Mann hatte mir nur gesagt, dass sie nicht mehr nach Hause kam."

„Nun ja, zumindest haben wir jetzt einmal den Taschendiebstahl aufgeklärt. Danke für Ihre Mitarbeit. Lassen Sie uns wissen, wenn Sie etwas von ihrer Freundin hören."

KAPITEL 10

Diese Neuigkeit musste Anne unbedingt mit ihrer Freundin Bärbel besprechen. Bärbel hatte sich nach ihrer Ankunft in Rio nur kurz über WhatsApp bei ihr gemeldet und mitgeteilt, dass sie gut gelandet sei und dass ihre Unterkunft, mit den Augen einer Westeuropäerin betrachtet, doch mehr als bescheiden sei. Sobald sie Zeit habe, wolle sie eine längere Mail schicken.

Anne überlegte, ob sie ihr das Ganze vielleicht doch auch eher per Mail mitteilen solle, aber sie fand es doch so brisant, dass sie es am Telefon besprechen wollte.

Es dauerte eine Weile, bis die Telefonverbindung zustande kam, Rio war schließlich nicht gerade um die Ecke.

Bärbel freute sich sehr, Anne zu hören und staunte über das, was Anne ihr von dem Verhör der beiden jungen Männer erzählte. Wenn das stimmen sollte, was die beiden erzählt hatten, gab es noch eine weitere Person, die an dem Verbrechen beteiligt war. Wer konnte das denn sein?

Die Kommissare verdächtigten also auch Jasmin, weil sie einfach verschwunden war und quasi alle Zelte hinter sich abgebrochen hatte. Anne erzählte Bärbel auch von ihrer Beobachtung während des Konzerts im Rittersaal.

„Glaubst du, dass Jasmin in den Fall verwickelt sein könnte?", meinte Anne.

„Nein, du kennst doch Jasmin und ihre Grundsätze, sie kann doch keiner Fliege etwas zu Leide tun.“

„Ja, der Meinung bin ich auch, aber wenn die Emotionen hochkochen, wer weiß? Gab es denn in letzter Zeit irgendwas in ihrem Job oder in der Familie, was schieflief? Du bist ja häufiger mit ihr zusammen gewesen als ich.“

„Du weißt doch, Jasmin kann verschlossen sein wie eine Auster. Wenn ihr etwas nicht passt, nimmt sie ihren Rucksack am Wochenende und macht eine Tour in die Berge. In letzter Zeit hat sie besonders viele solcher Bergtouren gemacht, da ihr Mann sehr häufig wegen seines Jobs im Ausland war.“

„Glaubst du, dass etwas in ihrer Beziehung nicht stimmte?“

„Das kann ich dir nicht sagen, darüber hat sie mir nichts erzählt. Aber weißt du, was mir eben einfällt: Sie fuhr häufiger in die Schweizer Berge, vielleicht gab es ja eine Verbindung zu der Familie des Schweizer Kollegen ihres Mannes? Du sagtest doch, dass du an dem Schweizer Auto in der Tiefgarage in Mannheim ein Kennzeichen des CERN gesehen hast?“

„Ja, das stimmt. Kannst du dich vielleicht an den Namen dieses Schweizer Kollegen erinnern, dann könnten wir doch die Spur von Jasmin aufnehmen.“

„Oh, Namen sind meine Schwachstelle, irgendwas mit ‚M‘ oder auch ‚L‘ am Anfang? Aber das könnten wir doch bestimmt noch rauskriegen. Irgendwie komisch, die Welt ist doch klein. Ich habe hier im Jugendzentrum einen Computerfachmann kennen gelernt, der ein Mitarbeiter am CERN ist. Er ist für einige Wochen hier und gibt den Kindern Informatikunterricht. Ich weiß zwar, dass das CERN einen riesigen Stab an Mitarbeitern hat, aber ich kann ihn doch einmal unverbindlich auf das Thema ansprechen. Vielleicht ergibt sich ja eine Spur.

Er und ich haben uns übrigens auf eine etwas seltsame Art hier kennen gelernt. Das schreibe ich dir einmal in einer längeren Mail, sobald ich dazu komme, du glaubst nicht, wie anstrengend das hier ist. Ich arbeite den ganzen Tag und falle abends todmüde ins Bett. Ich muss jetzt aufhören, bis bald."

Anne überlegte nach diesem Gespräch, wie sie auf die Spur von Jasmin kommen könnte. Natürlich könnte sie Jasmins Mann anrufen und ihm von dem Schweizer Auto erzählen und ihn nach dem Namen seines Kollegen am CERN fragen, aber irgendwie widerstrebte es ihr. Sie hatte den Verdacht, dass dies nicht in Jasmins Sinn wäre. Warum war sie nur so Hals über Kopf verschwunden? Sie war doch eine eher rationale Person, das passte nicht zu ihr. Es musste schon etwas Gravierendes passiert sein, bevor sie sich so verhielt.

Menschen handelten nicht immer rational, sie waren keine Computer, es konnten Dinge passieren, bei denen ihre Logik außer Kraft gesetzt wurde.

Das hatte sie wieder festgestellt, als sie neulich abends ein Kapitel in dem alten Tagebuchheft gelesen hatte: Anna kämpfte sich mit ihrer Familie mühsam durch die ersten Kriegsjahre. Ihren ältesten Sohn, Klaus, hatte man zum Wehrdienst eingezogen. In seinem letzten Brief hatte er geschrieben, dass ihre Armee auf dem Weg nach Russland war. Das konnte nichts Gutes bedeuten.

Ihre Zwillinge, die erst achtzehn Jahre alt waren, hatten letzte Woche einen Einberufungsbescheid bekommen.

Alles Gewohnte zerfiel. Keiner im Ort traute mehr dem andern. In einigen Nachbarhäusern trug man schon Trauer, weil die Söhne gefallen waren. Hoffentlich blieb ihr das erspart. Was hätte das Leben denn sonst noch für einen Sinn ohne die Kinder?

Nachts konnte sie nicht mehr schlafen, sondern lag grübelnd im Bett.

Eines Nachts, sie wälzte sich im Bett wieder einmal von einer Seite auf die andere, hörte sie ein leises, zaghaftes Klopfen an der Haustür. Sie stand schnell auf, bevor die andern wach wurden und schaute nach. Draußen stand Eva mit dem kleinen Jakob an der Hand. Sie wirkte völlig verängstigt und sagte: „Anna, hilf mir."

„Komm rein, was ist passiert?"

„ Wir müssen weg, man sucht uns, wir können nicht mehr ins Haus zurück. Heute Abend, gegen zehn Uhr, hörte ich ein Auto vorfahren. Ich wusste sofort, dass das nichts Gutes bedeutete. Ich ahnte ja schon, dass wir gefährdet waren auf Grund meines Glaubens, aber im Ort, wo jeder den anderen kennt und alle wissen, dass unsere Familie zu den Alteingesessenen gehört, hatte ich eigentlich nie so richtig Angst gehabt. Aber mein Mann, der seit einiger Zeit in der Schweiz als Ingenieur arbeitet, hatte mich schon vor Monaten gewarnt und gesagt, dass er daran arbeite, mich und unseren Sohn in die Schweiz zu holen. Er hatte mir aufgetragen, eine Tasche für den Notfall zu packen und hinten in der alten Scheune hinter dem Warenlager eine kleine Notunterkunft für uns zwei einzurichten, falls man unser Haus durchsuchen sollte.

Er wollte uns, so schnell es ging, aus Deutschland rausholen. Nun ist der Notfall eingetreten.

Anna, ich kann nicht mehr zurück. Kann ich bei dir bleiben, wenigstens so lang, bis mein Mann mich und Jakob holt?"

Anna nickte, die beiden taten ihr leid, sie musste ihnen helfen. Gleichzeitig wusste sie genau, dass sie ihre ganze Familie damit gefährdete. Ihr Mann fing allmählich an, geistig abzubauen und erzählte Dinge, die politisch nicht so ganz korrekt waren. Sie selbst galt als Unangepasste auch als verdächtig. Sie hatten erst kürzlich die Gestapo im Haus gehabt. Durfte sie ihre Familie gefährden?

Da fiel ihr eine Lösung ein. Sie hatten oben am Waldrand eine alte Holzhütte, wo sie Stroh und Heu für die Tiere lagerten. Bequem war das nicht, aber dort oben hin kamen um diese Jahreszeit ganz selten einmal Leute. Dort konnten die beiden Unterschlupf finden und würden mit ein paar Decken im Heu geschützt sein. Essen konnte sie ihnen bei Dunkelheit vorbeibringen.

Sie erklärte Eva ihren Plan und sie war einverstanden. Im Haus hatte keiner von ihrer schlafenden Familie etwas mitbekommen von dem nächtlichen Besuch und auch im Ort fiel in den nächsten Wochen niemandem etwas auf.

KAPITEL II

Anne freute sich, als sie bei ihren E-Mails eines Abends eine sehr lange Mail von Bärbel entdeckte. Sie war doch sehr gespannt, wie Bärbel in dem fremden Land angekommen war.

Hallo Anne,

es ist Abend und endlich finde ich einmal ein bisschen Zeit, dir zu erzählen, was ich bis jetzt hier so alles erlebt habe. Es begann schon am Flughafen, als ich nicht von meiner Freundin Christa abgeholt wurde, sondern von einem großen, stämmigen Mann. Es war Jo, ein Brasilianer, der Hausmeister des Jugendzentrums. Er war mit einem alten, klapprigen Bus gekommen. Christa hatte mir schon von ihm erzählt, denn ich weiß nicht, ob ich sonst so ohne weiteres mit ihm gefahren wäre, denn er wirkt schon wegen seiner Größe ein bisschen bedrohlich. Wie ich aber bisher feststellen konnte, ist er eher ein gutmütiger, sanfter Riese.

„Ich hoffe, Christa hat Sie vorgewarnt", meinte er während der Rückfahrt vom Flughafen.

„Wie meinen Sie das?", wollte Bärbel wissen.

„Sie werden nicht in einem Luxushotel wohnen, sondern in unserer Schulsiedlung. Wir haben zwar fließendes Wasser, aber es kann durchaus passieren, dass am Tag mehrere Stunden kein Wasser kommt. Neulich stand ich eingeseift unter der Dusche, plötzlich gab es ein gurgelndes Geräusch in der Leitung und das war es dann. Es kamen nur noch ein paar spärliche Tropfen. Manchmal, wenn man Glück hat,

sprudelt das Wasser nach ein paar Minuten wieder, aber das ist nicht der Regelfall. Also verzweifeln sie nicht, am besten stellen Sie sich immer eine gefüllte Gießkanne neben die Dusche. Auch zum Kochen ist es günstig, wenn man immer einen gefüllten Eimer Wasser zur Hand hat.“

Anne schaute verblüfft, an so etwas hatte sie gar nicht gedacht.

„Aber Elektrizität haben Sie schon?“

„Doch, doch“, Jo lachte, „aber es gibt auch immer wieder Pannen im Stromnetz. Es schadet nichts, ein paar Kerzen oder eine Taschenlampe zur Reserve zu haben.“

Na, das konnte ja ein netter Aufenthalt werden.

„Da vorne ist es“, Jo deutete auf einige niedrige, langgezogene Gebäude vor ihnen.

„Wir haben die Anlage als Karree gebaut. Wenn wir abends das Haupttor zusperren, gleicht das Ganze einer Festung. Sie werden dies auch noch schätzen lernen. Außerhalb unseres Gebäudes herrschen nämlich nach Anbruch der Dunkelheit die Gesetze des Großstadtdschungels. So, wir sind da. Ich werde Ihnen jetzt ihr Gästezimmer zeigen.“

Im Zimmer stand ein großes altes Bett. Ein langes Holzbrett, das an der Wand befestigt war, diente als Schreibtisch. Eine Nische in der Wand, vor der ein Vorhang hing, war der Kleiderschrank. Der einzige Luxus in diesem Raum war ein recht gemütlich wirkender Polstersessel.

„Eine Dusche und eine Toilette sind am Ende des Flurs“, erklärte Jo.

Beim Mittagessen traf ich dann Christa in der Schulkantine.

Sie hatte am Vormittag in der Vorschule gearbeitet und am Nachmittag kümmerte sie sich um die Hausaufgabenbetreuung der Schulkinder.

„Schau dir doch heute einmal alles in Ruhe an, ich habe wenig Zeit. Aber du triffst hier auf dem Gelände immer wieder nette Leute, an die du dich wenden kannst. Viele sprechen auch englisch. Wir sehen uns dann heute Abend hier zum Abendessen und dann kann ich dir in Ruhe nochmals alles erklären."

Okay, das tat ich dann auch. Im Schulgebäude waren die meisten Türen der Klassenzimmer geschlossen. Eine Tür stand jedoch offen und ich hörte jemanden fluchen, aber nicht auf Portugiesisch, sondern das klang eher alemannisch. Zumindest am Schluss, das „Verflixt, nochmal", war recht energisch artikuliert worden.

Neugierig schaute ich in das Zimmer. Dort standen etliche Computer und jemand inmitten von Elektrokabeln, der vor sich hin fluchte. Anscheinend bemühte er sich, die Computer anzuschließen und eine Ordnung in das Gestrüpp der Kabel zu bekommen. Der Mann, der dort am Boden kniete, war groß, hager und hatte einen grauen Lockenkopf. Ich wollte nicht stören und wollte gerade den Raum verlassen, als er hochblickte und mich bemerkte.

„Hallo", er schaute mich verblüfft an und stotterte irgendetwas auf Portugiesisch, was ich nicht verstand.

„Haben Sie nicht vorhin Deutsch gesprochen", wollte ich wissen.

„Aber sicher, wunderbar, dann klappt unsere Verständigung bestimmt.",

man merkte ihm seine Erleichterung an

„Entschuldigen Sie, dass ich Ihnen die Hand nicht schütteln kann, aber sonst geraten mir alle diese Drähte hier durcheinander. Können Sie noch ein paar Minuten warten, bis ich hier fertig bin?"

Diesem charmanten Schweizer Tonfall in seiner Stimme konnte ich nicht widerstehen und so wartete ich. Der Mann erklärte mir, dass er Yves Mallet heiße und Schweizer sei. Als er dies sagte, musste ich grinsen und meinte, dass ich das noch gar nicht bemerkt hätte. Er schaute mich mit seinen dunklen Augen herausfordernd an und fragte: „Mögen Sie etwa kein Schwyzerdütsch?"

Ich sagte ihm, dass ich es ab und zu ganz gerne hörte. Er schaute mich jedoch von der Seite etwas skeptisch an, ob es mir damit auch ernst sei.

„Was machen Sie denn hier?"

„Das frage ich mich eigentlich auch. Ursprünglich wollte ich während meines Urlaubs in Brasilien herumreisen und möglichst viel anschauen. Meine Schwägerin hatte mir aber aufgetragen, dass ich vorher ihrer Freundin Christa ein wenig zur Hand gehen sollte, um in ihrer Schule ein Computerzimmer für die Schüler/innen einzurichten. Wissen Sie, ich bin Computerspezialist und arbeite unter anderem im CERN in der Schweiz. Haben Sie vielleicht Zeit und könnten Sie mir ein bisschen helfen? Verstehen Sie etwas von Computern?"

„Ja, doch. Ich weiß, wie man sie einschaltet. Ich kann ganz gut Texte damit schreiben und auch im Internet surfen, aber vom Installieren verstehe ich absolut nichts."

„Typisch Frau", knurrte er.

„Wie bitte?", ich schaute ihn herausfordernd an.

Er schmunzelte nur, sagte aber nichts. Ich begann, mich über ihn zu ärgern und wollte gerade weggehen. Da hatte er aber alle Kabel entwirrt und legte sie in der richtigen Reihenfolge hin.

„Tut mir leid wegen der Bemerkung vorhin", versöhnlich lächelnd kam er jetzt auf mich zu und reichte mir die Hand.

„Was machen Sie denn hier, sind Sie nur Gast oder arbeiten Sie auch hier?"

Ich erzählte ihm, dass ich meiner Freundin Christa bei der Betreuung der Kinder und Jugendlichen zur Hand gehen wolle. Nebenbei wolle ich natürlich auch Land und Leute kennen lernen.

„Trifft sich gut. Vielleicht können wir zusammen ans Meer gehen. Tauchen Sie auch?", wollte er wissen.

Da kam Christa gerade um die Ecke, sie hatte seine letzte Frage gehört.

„Um Gottes willen, Bärbel, geh ja nicht mit Yves zum Tauchen. Er hat versucht, mir das Tauchen beizubringen, aber mit diesem absoluten Profi kann keiner mithalten. So schnell schaust du nicht, wie er in der Tiefe verschwunden ist."

„Aber nein, sie übertreibt, sie ist einfach eine Landratte."

Bei Gelegenheit werde ich ihn auf das CERN ansprechen. Vielleicht ergibt sich ja eine Spur zu Jasmin. Jetzt fallen mir die Augen zu. Tschüss.

KAPITEL 12

Anne war ebenfalls recht müde, aber sie musste sich nochmals ihre Unterlagen für den morgigen Tag anschauen. Sie hatte wieder ihren Philosophiekurs, der ihr viel Spaß machte, da die Teilnehmer wirklich interessiert waren, alles hinterfragten und zur Diskussion stellten.

Sie hatten natürlich, Google sei Dank, die Quizfrage herausbekommen, wer der Autor dieses Zitats war: „Ich bin, aber ich habe mich nicht, darum werden wir erst."

Es war Ernst Bloch und sie waren erstaunt zu hören, dass dieser große Philosoph aus ihrer Nachbarstadt Ludwigshafen stammte. Sie erzählte ihnen, dass es dort ein Ernst-Bloch-Zentrum gab, wo immer wieder interessante Veranstaltungen stattfanden, nicht nur Vorträge zur Philosophie, sondern sogar auch Konzerte. So hatte zum Beispiel auch schon Wolf Biermann dort ein Konzert mit seiner Gitarre gegeben. Philosophie fand also nicht nur im stillen Kämmerlein statt, sondern auch im normalen Leben der Menschen.

Für den ersten Teil von Blochs Zitat: „Ich bin" hatten die Lernenden im Verlauf des Kurses eine Bestätigung bei Descartes gefunden, denn sein „cogito, ergo sum" – „Ich denke, also bin ich", das hatte ihnen eingeleuchtet.

Auch Kants Auffassung, dass der Mensch von Geburt an einen Verstand habe und nicht nur ein leeres

Gefäß sei, das nach und nach durch Erfahrungen aufgefüllt werde, das fanden sie logisch.

Schwierigkeiten machte ihnen jedoch Kants Auffassung, dass man „das Ding an sich" nicht erkennen könne. Hier ergaben sich lebhafte Diskussionen.

„Warum kann man die Welt denn nicht in allen Dingen erkennen? Gut, auch wenn uns heutzutage noch einiges verschlossen ist, werden wir doch in allen Wissensgebieten der Technik, der Mathematik, der Medizin, der Kultur, und so weiter, immer weiter forschen und am Schluss können wir auch ‚das Ding an sich' erkennen", meinte Sophie und die meisten schlossen sich ihrer Meinung an.

„Ja, aber wann ist dein so genannter ‚Schluss' erreicht? Können wir als Menschen mit unseren fünf Sinnen die Welt denn überhaupt in ihrer ganzen Fülle, also ‚das Ding an sich' wahrnehmen? Vielleicht fehlen uns ja ein paar weitere Sinne dazu? Wenn dem so ist, werden wir nie zu deinem ‚Schluss' kommen, dass wir irgendwann alle Dinge erkennen können", meinte Alex.

Anne fand Sophies Zukunftsoptimismus anrührend und insgeheim wünschte sie, obwohl dies natürlich utopisch war, dass ihr und auch den anderen diese Zuversicht, irgendwann ‚das Ding an sich' zu erkennen, erhalten bleiben möge.

Um ihre Kursteilnehmer in ihrem Vertrauen auf die menschliche Zukunft noch etwas zu bestärken, stellte sie ihnen in einer der nächsten Stunden die Weltsicht von Jean-Jaques Rousseau dar, der den gesellschaftlichen Zustand seiner Zeit scharf kritisiert hatte und deswegen ein Gegenbild entworfen hatte.

Seine Idee von einem naturgemäßen Leben und sein berühmter Slogan „retour à la nature" (zurück zur Natur) gefielen ihnen sehr gut.

„Ich glaube, der hätte uns verstanden", meinte Tim, „er hätte wahrscheinlich nichts einzuwenden gehabt gegen unsere Demonstrationen „Fridays for future", denn ein naturgemäßes Leben war für ihn eines der Hauptziele des Menschen."

In Rousseaus berühmtem Werk, dem ,Contrat social', dem Gesellschaftsvertrag, gefiel ihnen der Gedanke der ,volonté générale, (des Gemeinschaftswillens) besonders gut.

„Jeder von uns unterstellt der Gemeinschaft seine Person und alles, was sein ist, unter der höchsten Leitung des Gemeinschaftswillens", so hatte Rousseau geschrieben.

„Heißt das nun, dass dieser Gemeinschaftswille die Freiheit und Gleichheit aller garantiert, weil in den Gemeinschaftswillen auch unser eigener Wille einfließt?", wollte Klara wissen.

„Das hört sich zunächst gut an, aber wie soll das denn konkret aussehen? Dieser Gemeinschaftswille, wie Rousseau ihn darstellt, bleibt doch recht unbestimmt und vage" – das war Svens Kommentar.

Andere fanden, dass diese Anschauungen Rousseaus ganz modern seien. Gerade in unserer globalisierten Welt, in der ein Ideenaustausch über das Netz blitzschnell erfolgen könne, fanden sie diese Idee der ,volonté générale' noch viel praktikabler als zur Zeit Rousseaus, da ja im Web, in den sozialen Medien, dieser Gemeinschaftswille ganz schnell transportiert werden könne, siehe doch Facebook oder Twitter. Hier seien doch demokratische Formen der Meinungsäußerung entwickelt worden, die ganz schnell den Willen einer Mehrheit darstellen könnten.

„Findest du etwa alles gut, was bei Facebook gepostet wird? Glaubst du, dass sich dort immer ein

‚Volonté générale' ausdrückt?" – mit diesem Kommentar brachte Nathalie alle zum Kichern.

„Genau, Nathalie, ab und zu denke ich mir, es wäre besser, wenn uns diese häufig dummen Kommentare und sogar Hasstiraden erspart bleiben könnten", meinte Steven.

Petra schloss sich ebenfalls Nathalie an: „Ich finde auch, dass diese oft emotionalen Äußerungen im Netz nicht immer die Meinung einer Mehrheit der Gemeinschaft ausdrücken. Andererseits kann man jedoch aus zahlreichen verschiedenen Kommentaren ein ungefähres Meinungsbild einer Gesellschaft ablesen."

„Petra, das stimmt aber nur mit Einschränkungen, denn im Netz findest du manchmal nur die Meinung einer vorlauten und teilweise wenig reflektierten Minderheit, die einfach nur provozieren oder sich in Szene setzen will", meinte Philipp.

Die Anschauungen darüber, was Bloch denn nun mit seiner Aussage: „darum werden wir erst" genau gemeint hatte, wurden also durch die Modelle früher lebender Philosophen nicht immer in der Form eines Kompasses, der uns den Weg zeigt, beantwortet. Diesen Eindruck hatte Anne, denn es tauchten immer wieder Fragen wie die von Tim auf:

„Gibt es denn nicht auch Denkmodelle, die für uns Heutige irgendwie verständlicher und besser nachvollziehbar sind?"

In der Tat, das fragte sie sich ab und zu auch.

Es wäre natürlich schön, wenn sie als Kursleiterin jetzt sofort ein perfektes Denkgebäude aus einem schwarzen Zylinder herbeizaubern könnte wie ein Zauberer ein putziges kleines Kaninchen.

Aber dieses e i n e Modell, das quasi für jeden einzelnen passt, das gab es ihrer Meinung nach gar nicht. Sie wollte hier auch keine Rezepte verteilen nach dem

Motto: Man nehme ein bisschen ‚Eudaimonia‘ (Glück, Glückseligkeit) von Aristoteles, mische sie mit der Mitleidstheorie von Schopenhauer, füge eine kleine Prise von Poppers ‚open society‘ (offene Gesellschaft) hinzu und würze das Ganze am Schluss mit einer modernen Sprachphilosophie und dann habe man das ultimative Rezept für eine gelungene Zukunft gefunden.

Nein, sie war nicht dieser Kompass oder das Navigationsgerät, das die eine zu befolgende Richtung vorgab. Vielmehr sollten sich die Kursteilnehmer selbst Gedanken darüber machen, wie sie die verschiedenen Denkmodelle, die sie hier gehört hatten, selbst beurteilen und für ihr eigenes Leben sinnvoll verwerten könnten, jeder nach seiner eigenen Weise.

KAPITEL 13

Am Nachmittag, als Anne voll bepackt mit ihren Einkaufstaschen die Wohnungstür aufsperrte, läutete das Telefon schrill und durchdringend. Sie war hundemüde und hatte sich schon auf eine schöne Siesta mit Kaffee und Zeitung gefreut. Daraus schien wieder einmal nichts zu werden.

Es war die Kommissarin, die immer noch mit dem Fall der bewusstlosen Frau auf dem Schlangenweg beschäftigt war.

„Ich habe noch ein paar Fragen an Sie. Wir haben die beiden Handtaschendiebe vom Schlangenweg nochmals intensiv verhört. Unserer Meinung nach haben sie zwar die Handtasche gestohlen, aber sie sind nicht schuld an der Verletzung der Frau, dafür konnten wir keine Indizien finden. Nach Recherchen haben wir herausgefunden, dass ein Touristenpaar, das etwa zur selben Zeit oben auf dem Philosophenweg spazieren ging, eine dunkel gekleidete Person bemerkte, die hastig aus dem Schlangenweg in den Philosophenweg abbog. Diese Person war recht groß und hager und trug eine schwarze Kapuze, so dass man weder ihre Haare noch ihr Gesicht richtig erkennen konnte. Es könnte sich also entweder um einen Mann oder um eine Frau handeln. Nun haben wir einige Fragen an Sie.

Ihre Freundin Jasmin ist seit der Tat verschwunden oder haben Sie etwas von ihr gehört?“

„Nein, gehört habe ich nichts von ihr“, antwortete Anne wahrheitsgemäß.“

„Wie groß ist denn Ihre Freundin?“

„Jasmin ist recht groß für eine Frau. Genau weiß ich es nicht, aber ich schätze, dass sie mindestens einen Meter sechsundsiebzig hat.“

„Okay, und wie groß ist ihr Mann?“

„Nicht viel größer, vielleicht ein paar Zentimeter.“

„Wie war denn das Verhältnis der beiden zueinander?“

„So genau weiß ich das nicht. Ich weiß nur, dass Jasmin sich häufig allein gelassen fühlte, da er oft auf Geschäftsreisen im Ausland war. Allerdings liebte sie es auch zu verreisen. Sie war im Alpenverein und kletterte für ihr Leben gern. Da sie früher in Zürich gearbeitet hatte, hatte sie dort auch noch viele Freunde und Bekannte und fuhr oft schon am Freitag nach der Arbeit zu einer Klettertour in die Schweizer Berge, meistens allein, da ihr Mann nicht ganz schwindelfrei war und sie nur selten dorthin begleitete. Im Winter zum Skifahren fuhr er jedoch öfters mit. Also von einem direkten Zerwürfnis ihrer Ehe habe ich nie etwas bemerkt.“

„War denn nie die Rede von einer Sekretärin oder engen Mitarbeiterin ihres Mannes?“

„Jasmin wusste natürlich, dass ihr Mann einige enge Mitarbeiterinnen hatte und sie lästerte manchmal, dass ihr Mann sich sämtliche Reisen organisieren ließ ‚von seinen Damen‘, aber dass sie speziell auf eine Mitarbeiterin eifersüchtig gewesen wäre, das kann ich nicht bestätigen. Jasmin selbst hatte im Alpenverein ebenfalls sehr viele Bekannte, so dass ich davon ausging, dass sie beide eine recht offene Beziehung hatten.“

„Das ist recht interessant. Wir haben in letzter Zeit Jasmins Ehemann eine Zeitlang beschatten lassen und haben ebenfalls herausgefunden, dass er häufig auf Geschäftsreisen ist. Für uns von Bedeutung war aber besonders, dass er Kontakt zu der Verletzten in der Rehaklinik aufgenommen hat. Wussten Sie das?", wollte die Kommissarin wissen.

Anne zögerte etwas und sagte dann:

„Als ich die Frau einmal besuchte, fiel mir auf, dass in ihrem Zimmer ein schöner üppiger Blumenstrauß stand. Darauf befragte ich eine Pflegerin und diese sagte mir, dass ein ehemaliger Nachbar sie ab und zu besuche. Mehr weiß ich dazu nicht."

„Nun ja, wir haben jetzt herausgefunden, dass dieser Nachbar der Ehemann von ihrer Freundin Jasmin ist. Wir haben den Herrn auch zur Vernehmung einbestellt, aber wie seine Sekretärin uns bestätigte, ist er wieder einmal in Südamerika unterwegs. Er ist natürlich jetzt verdächtig, denn wir müssen seine Beziehung zu der Verletzten genau herausfinden, vielleicht ergibt sich ja dann ein Motiv für die Tat."

„Ist meine Freundin Jasmin denn nun nicht mehr verdächtig?"

„Doch, natürlich, eigentlich noch mehr, da sie so plötzlich verschwunden ist und die Beschreibung der Person am Philosophenweg ebenfalls auf sie zutreffen könnte. Wir haben sie zur Fahndung ausgeschrieben, falls Sie also etwas von ihr hören, rufen Sie uns bitte sofort an, egal ob bei Tag oder Nacht."

Anne versprach, dies zu tun, erzählte aber nichts von der Begegnung mit der angeblichen Doppelgängerin von Jasmin bei dem Konzert im Mannheimer Schloss.

KAPITEL 14

Anne freute sich immer wieder, wenn sie neue Nachrichten von Bärbel aus Brasilien erhielt. Sie hatte dort bei der Betreuung der Kinder und Jugendlichen zwar sehr viel Arbeit, aber am Wochenende hatte sie doch immer wieder einmal Zeit zum Grillen oder um ans Meer zu gehen.

Zu Bärbels Empfang hatte man eine Grillparty veranstaltet, zu der alle Lehrer und Betreuer eingeladen waren. Dabei hatte sie dann auch Yves, den Zyniker des Teams, näher kennengelernt.

Er stand zunächst etwas abseits am Grill und Bärbel ging zu ihm, um ihm zu helfen, denn alle hatten allmählich Hunger. Sie schwitzten beide am Grill so vor sich hin und kamen kaum zum Reden, bis alle Steaks und Würstchen gebraten waren und sie sich auch hinsetzen konnten.

Yves wollte von ihr wissen, was sie denn so im „normalen" Leben in Europa mache. Irgendwie fand sie ihn an diesem Abend gar nicht so machohaft, wie er sich sonst gab. Auch seine zynische Art war etwas gebremst, denn er verstand es ganz gut, den anderen zuzuhören.

Er erzählte nicht viel von sich, nur, dass er im Computergeschäft tätig sei und deshalb auch viel in der Welt herumkomme. Er half sogar später, als die meisten gegangen waren, beim Abräumen und Spülen.

Spät in der Nacht, als Christa, ihre Freundin, mit Bärbel zurück zu ihrem Zimmer ging, meinte sie deshalb: „Der Eisbrocken aus der Schweiz kann ja direkt freundlich sein.“

„Wie meinst du das? Ist er sonst nicht so?“, fragte Bärbel.

„Nein, allerdings nicht. Meistens ist er nur kaltschnäuzig und behandelt einen von oben herab. Vor allem, wenn er in die Rolle des Clowns schlüpft, was er übrigens gerne macht, fühlt man sich von ihm auf den Arm genommen. Irgendwie scheinst du einen mäßigenden Einfluss auf ihn auszuüben. Darf ich dich nächste Woche für seinen Computerkurs als Helferin einplanen?“

Bärbel war das recht, denn sie wollte ja in ihren Ferien im Camp überall dort helfen, wo man sie brauchte. Sie schlug sich ganz tapfer, auch wenn sie keine Spezialistin war.

Christa schickte sie auch mit Yves mit ihrem alten, klapprigen Lieferwagen zum Einkaufen auf den Markt. Yves war nämlich ganz gut im Organisieren und im Feilschen mit den Händlern. Auch wenn er nicht gut portugiesisch sprach, hatte er sich die Zahlen doch in kurzer Zeit ganz gut angeeignet, da konnte ihn keiner übers Ohr hauen. Und Bärbel war ganz gut darin, die Wogen zu glätten, wenn die Feilscherei drohte, in einen Streit auszuarten. Eines Tages, als sie wieder einmal auf dem Weg zum Markt waren, sah Yves auf die Uhr und sagte: „Gerade hebt mein Flugzeug ab, mit dem ich von hier aus in die Anden fliegen wollte.“

„Mein Gott, hast du deinen Abflug vergessen?“, fragte Bärbel bestürzt.

„Vergessen kann man eigentlich so nicht sagen“, meinte Yves.

„Was wolltest du in den Anden?“

„Ich hatte vor, mit einer Gruppe von Kletterern eine Hochgebirgstour zu machen. Später wollte ich mir auch noch einige Kultstätten der Ureinwohner anschauen.“

„Vielleicht kannst du ja noch umbuchen oder eine spätere Maschine heute Nacht oder morgen bekommen. Ruf doch mal gleich beim Flughafen an und bring das in Ordnung.“

„Wenn ich aber nicht will?“

Anne sah ihn etwas ratlos an: „Aber die Gruppe wartet doch bestimmt auf dich.“

„Ich werde das schon noch klären. Ich rufe später bei dem Leiter der Gruppe an und sage ihm, dass ich verhindert sei. Weißt du, ich habe gemerkt, dass ich immer nur vor mir selbst davonlaufe, wenn ich Urlaub mache. Wenn ich arbeite, komme ich glücklicherweise nicht zum Nachdenken und im Urlaub stürze ich mich am liebsten in Extremsportarten, nur um nicht nachdenken zu müssen. Ich bin einer von dieser Sorte der Workaholic, die in ihrer Arbeit aufgehen. Das war schon früher so, aber in letzter Zeit ist es noch schlimmer geworden. Das ist wohl auch der Grund, warum ich jetzt ohne Familie bin.“

„Du hattest eine Familie?“, fragte Anne überrascht.

Yves sagte nichts, sondern schaute geradeaus auf die Straße und nickte nur kurz.

„Entschuldige, ich wollte dich nicht kränken, aber du hast auf mich den Eindruck eines überzeugten Single gemacht, der Frauen manchmal als notwendiges Übel betrachtet.“

Yves musste grinsen: „In der Rolle scheine ich ja recht überzeugend zu sein.“

„Rolle? Spielst du eine Rolle? Wieso?“

„Spielst du etwa keine Rolle?“

„Nein, zumindest im Moment nicht. Ich bin hier, weil ich Christa mag und ihr bei ihrer Jugendarbeit helfen möchte. Ohne eine Ausbildung kommen diese Kinder doch nie aus dem Kreislauf der Armut und Gewalt in den Favelas hier heraus. Deshalb sitze ich auch hier in dieser alten Karre neben dir, weil Christa mir das aufgetragen hat und weil ich weiß, dass du dich nicht an Frauen ranschmeißt, zumindest hat sie mir das so gesagt.“

„Bist du da so sicher? Okay, du brauchst nicht so weit von mir wegzurücken, sie hat mich ganz gut eingeschätzt. Aber es gab eine Zeit, da war ich hinter jedem Rockzipfel her.“

„Prima, ich trage keine Röcke.“

„Nun diese Zeiten sind vorbei. Weißt du, die menschliche Psyche ist seltsam. Kannst du dir vorstellen, dass ich einmal ein ganz passabler Ehemann und stolzer Vater einer kleinen Tochter war?“

„Eigentlich schwer vorstellbar. Was hat dich denn so verändert?“

„Im Prinzip war es ein Zufall, wie so vieles im Leben. Wie ich schon sagte, bin ich ein Workaholic. Christa hat dir wohl erzählt, dass unsere Familie eine Computerfirma hat?“

Bärbel nickte: „Spielt das eine Rolle bei diesem Zufall?“

„Doch, eine große. Um die Firma aufzubauen, vernachlässigte ich meine Frau und meine Tochter. Damit sie mich wenigstens am Wochenende sehen konnten, mussten sie mir häufig hinterher reisen, da ich jedes zweite Wochenende irgendeine Konferenz und Veranstaltung hatte. Ich fand dies ganz selbstverständlich, dass sie kamen und freute mich immer, sie wenigstens ein paar Stunden zu sehen. Bei einer solchen Fahrt sind beide dann in den Alpen tödlich verunglückt.

Dieser Unfall war der Zufall, der mich unvermittelt traf und den ich nie wahrhaben wollte. Ich stürzte mich dann noch mehr in meine Arbeit und begann in meiner knappen Freizeit damit, meine Frau zu suchen."

„Deine Frau? Ich denke, sie war tot?"

„Stimmt. Aber ich wollte jemanden finden, der so war wie sie oder zumindest sehr ähnlich. Deshalb war ich hinter sehr vielen ‚Röcken' her, aber es stellte sich dann meistens ganz schnell heraus, dass Menschen, deren Äußeres recht ähnlich ist, häufig ganz entgegengesetzte Charaktere haben.

Dann, eines Tages, dachte ich, dass ich meine Ersatzfrau gefunden hätte, sie erinnerte mich in ihrer liebenswerten, ruhigen Art an meine Helen. Ich heiratete sie nach kurzer Zeit und damit begann mein Martyrium."

„Martyrium? Ich verstehe nicht so ganz, oder bezeichnest du die Ehe grundsätzlich als Martyrium?"

„Nun ja, zumindest kriegt man ja damit doch so etwas wie lebenslänglich, oder?", er grinste sie an.

Bärbel grinste zurück.

„Nun, wir scheinen da einer Meinung zu sein. Aber das, was ich mit Susi erlebte, kann man, glaube ich zumindest, nicht ganz als den Normalfall einer Ehe ansehen. Sie war in der Modebranche tätig und hatte vor unserer Heirat immer wieder einmal, meist kleinere, Modeschauen gemacht. Sie hatte eine Freundin, die Designerin war, und mit ihr zusammen arbeitete sie. Ihre Freundin entwarf die Kleider und sie organisierte die Vermarktung. Bei einigen Modeschauen war sie nicht nur die Organisatorin, sondern führte auch selbst einige Modelle vor. Nachdem das alles sich ganz gut anließ, hatten die beiden Freundinnen ein kleines Modeatelier in Genf gemietet. Ihre Spezialität war

Öko-Mode, also möglichst naturbelassene Stoffe, die sie in origineller Weise verarbeiteten.

Ja, und eines Tages machte dieser Modestil Furore, plötzlich riss man sich um diese Außenseitermodelle. Von da an sah ich Susi nur noch selten, weil sie von Modenschau zu Modenschau eilen musste. Um sie wenigstens ab und zu am Wochenende einmal zu sehen, musste ich ihr in der Welt nachjetten. – Ironie des Schicksals, nicht wahr?

Nun war ich derjenige, der hinterher reisen musste. Bald merkte ich, dass ich ihr lästig wurde, wenn ich sie besuchte. Eines Tages sagte sie mir auch klipp und klar, ich könne mir das ganze Gerede von Kindern und Familie abschminken, sie wolle Karriere machen.

Okay, dachte ich, soll sie erst einmal ein paar Jahre Karriere machen, später würde sie schon noch zur Einsicht kommen. Aber ein ‚später‘ gab es nicht. Ich musste feststellen, dass andere, jüngere Männer, eine größere Rolle in ihrem Leben zu spielen begannen als ich. Diese Männer wechselten dazu auch noch sehr häufig. Ich stellte sie dann einmal zur Rede, aber sie sagte nur: „Sei doch nicht so spießig, das Leben ist doch ‚Fun‘. Man sollte es genießen. Ich habe nichts dagegen, wenn du es genauso machst wie ich.“

Das war dann für mich der Schlusspunkt. Ich trennte mich von ihr und begann häufige, ebenfalls kurze Verhältnisse, nur um sie zu ärgern, aber mit der Zeit ödete mich das Ganze an. Kannst du jetzt verstehen, warum ich zum Zyniker geworden bin?“

„Ja, doch und deswegen jettest du nun im Urlaub immer dem absoluten Kick hinterher. Sehe ich das richtig?“

„Stimmt, wenn das Leben seinen Sinn verloren hat, ersetzt man ihn durch gefährliche Abenteuer. Aber bei Christa und euch anderen hier im Team habe ich jetzt gesehen, dass es auch einen Sinn ergibt, wenn ich mich für fremde Kinder einsetze. Häufig muss man erst mit einer Sache konfrontiert werden, um ihren Sinn zu erkennen. Ich glaube, das habe ich jetzt die letzten Wochen gelernt und deshalb muss ich jetzt nicht wieder dem ultimativen Kick im Hochgebirge hinterherrennen.“

KAPITEL 15

In der Mittagspause läutete ihr Handy. Die Kommissarin, Frau Becker, war dran.

„Haben Sie noch etwas von ihrer Freundin, Jasmin, gehört?"

„Nein, leider gar nichts. Haben Sie denn eine Spur von ihr entdeckt?"

„Von ihr nicht, aber ihr Mann ist von seiner Auslandsreise zurückgekommen. Wissen Sie, was er als erstes tat? - Genau das, was wir vermutet hatten, er besuchte die verletzte Frau, die übrigens Natascha heißt, in der Reha- Klinik. Wir hatten vor einiger Zeit, in Zusammenarbeit mit der Klinik, vereinbart, dass sie uns informieren sollten, wenn dieser angebliche Nachbar wieder auftauchen würde. Wir wollten das Gespräch der beiden einmal belauschen. So haben wir doch einige Neuigkeiten erfahren können."

„Das klingt interessant, wissen Sie jetzt, wer der Täter ist?"

„Nein, so weit sind wir noch nicht und Sie wissen ja, dass wir über laufende Ermittlungen eigentlich nichts verlauten lassen dürfen. Aber eines kann ich Ihnen doch mitteilen, dass diese Natascha, die angibt, sich an nichts erinnern zu können, zumindest keinen totalen Gedächtnisverlust hat.

Sie wollte nämlich von ihrem ‚angeblichen' Nachbarn, dem Ehemann von Jasmin, wissen, ob alles so laufe, wie geplant?

Der Mann, Jan, sagte darauf, dass er Jasmin als vermisst gemeldet habe und dass sie bei ihrer Arbeitsstelle um eine längere Beurlaubung nachgefragt habe, ansonsten wisse er nicht, wo sie sei.

Das war für uns natürlich interessant zu hören. Wir bestellten diesen Herrn dann einen Tag später zum Verhör und konfrontierten ihn mit dem abgehörten Gespräch.

Er gab zu, dass er diese Natascha, eine Kollegin, schon länger kannte. Sie arbeitet ebenfalls an einem physikalischen Institut und sie hatten sich bei einer Fortbildung am CERN in Genf näher kennen gelernt.

Einige Schweizer Kollegen hatten dort einen Kongress mit dem schönen Titel: ‚Neutrinos, die Geisterteilchen' angeboten. Das Thema war natürlich für Physiker aus der ganzen Welt noch eine relativ unbekannte Materie und sie erhofften sich hier am CERN, wo man sich seit Jahren mit dem Urknall und der Entstehung des Kosmos beschäftigt, neue Erkenntnisse zu gewinnen.

Bei einem Abendessen der Konferenzteilnehmer kamen Jan und Natascha über dieses Thema ins Gespräch. Sie fanden die Bezeichnung der Neutrinos als ‚Geisterteilchen', die unsichtbar mühelos die Materie durchdringen, besonders gut.

„Oh, jetzt haben sie mich schon wieder mit Lichtgeschwindigkeit durchsiebt", scherzte Natascha.

„Die Neutrinos sind nicht elektrisch geladen, sie gehen einfach durch uns hindurch", konnte Jan sie beruhigen.

„Genau, Neutrinos entstehen ständig von neuem, wir sind von ihnen umgeben, ja sogar durchdrungen", meinte Bert, ein Schweizer Kollege und Bekannter von Jan, und schüttelte sich, wie von kleinen Geschossen getroffen, unter dem Gelächter der anderen.

So hatte ihre Bekanntschaft begonnen und schließlich hatten sie immer wieder gemeinsame Fortbildungen und Kongresse besucht.

Er fand die junge Frau witzig und auch attraktiv und sie hatten eine Affäre begonnen. Für ihn sollte es eine Affäre bleiben, aber Natascha klammerte sich immer mehr an ihn und wollte, dass er sich scheiden lassen sollte. Das wollte er aber nicht, denn das Zusammenleben mit Jasmin klappte ja auch reibungslos. In letzter Zeit musste er jedoch immer wieder aufpassen, dass Jasmin nicht zufällig auf E- Mails von Natascha stieß, das wurde schon ziemlich nervig.

Irgendwie musste sie dann doch wohl etwas gemerkt haben, denn sie wollte wissen, wer diese Kollegin sei, die ihn ständig kontaktiere. Natürlich stellte er ihre Bekanntschaft als harmlos und unverbindlich dar, aber Jasmin hatte wohl zufällig eine Mail gelesen und war sauer. Sie bestand darauf, dass er sich entscheiden solle, da sie klare Verhältnisse haben wollte.

Daraufhin beendete er seine Affäre mit Natascha und dachte, der Fall sei erledigt.

Aber diese hielt den Fall keineswegs für erledigt, sondern wollte sich mit seiner Frau treffen. Das sah er nun nicht ein, aber anscheinend hatte Natascha die Gewohnheiten seiner Frau beobachtet, die häufig in der Nähe des Philosophenwegs joggen ging.

Er ging also davon aus, dass Natascha an diesem Sommertag Jasmin am Schlangenweg getroffen hatte. Was dann passiert war, das wusste er nicht. Er hatte nur erfahren, dass man eine bewusstlose Frau im Schlangenweg gefunden hatte und dass sie in die Klinik gebracht worden war. Er hatte sofort vermutet, dass es Natascha war und hatte sich dann in der Reha-Klinik um sie gekümmert.

Seitdem war Jasmin verschwunden und hatte sich auch bei ihm nicht mehr gemeldet. Er vermutete sowieso, dass sie bei irgendeinem ihrer Bergkollegen aus dem Alpenverein untergekommen war.

„Haben Sie denn einen bestimmten Verdacht, wer das sein könnte?“, wollte die Kommissarin wissen.

„Nein, das nicht, aber wissen Sie, diese Bergkameraden halten zusammen, die sind das gewöhnt. ‚Der Berg schweißt zusammen‘, das ist ihr Motto. Es muss auch nicht unbedingt ein Mann sein, bei dem sie ist, in diesem Verein gibt es auch viele Frauen.“

„Können Sie mir denn die Namen dieser Bergkameraden auflisten?“

„Nein, das kann ich leider nicht, aber wenden Sie sich doch an den Schweizer Alpenverein, die können Ihnen ein Verzeichnis der Mitglieder zusenden. Ich kenne diese Leute kaum, mit denen sie häufig gewandert ist. Ich habe sie selten einmal in die Berge begleitet, denn ich bin nicht schwindelfrei.“

„Trauen Sie Ihrer Frau denn zu, dass sie Natascha bewusstlos auf dem Schlangenweg einfach liegen ließ?“

„Wissen Sie, meine Frau ist ein eigenwilliger Typ und wenn man Menschen reizt, kann man die Folgen nie so ganz genau abschätzen.“

„Wo waren Sie denn zum Zeitpunkt der Tat?“

„Was sagten Sie, wann geschah es denn genau?“

„Die Tatzeit war kurz nach fünfzehn Uhr.“

„Nach der Mittagspause bin ich zu diesem Zeitpunkt immer in unserem Institut.“

„Wir werden Ihr Alibi natürlich exakt überprüfen. Sie können dann gehen, aber halten Sie sich in nächster Zeit zu unserer Verfügung.“

Damit verließ Jasmins Ehemann Jan das Kommissariat.

Die Kommissarin wollte nun von Anne wissen, ob sie sein Verhalten nicht merkwürdig finde. Anne fand dies schon etwas seltsam, aber sie hatte Jan noch nie sehr sympathisch gefunden und sich immer gewundert, was Jasmin an ihm fand.

„Eigentlich wird der Fall immer verwirrter", meinte die Kommissarin, „denn jetzt müssen wir auch noch das Verhalten dieser Natascha genauer überprüfen und natürlich herausfinden, wo Jasmin ist. Bitte helfen Sie uns und stellen Sie doch eine Liste aller Freunde und Bekannten von Jasmin, die Sie kennen, zusammen."

Anne versprach das, schränkte aber gleich ein, dass sie selbst nicht im Alpenverein sei und diese Bergfreunde von Jasmin nicht so genau kenne.

KAPITEL 16

Anne musste Bärbel unbedingt von diesem Gespräch mit der Kommissarin erzählen. Sie wollte auch wissen, wie Bärbel das Verhalten von Jan beurteilte. Konnte sie sich vorstellen, dass Jan vielleicht selbst die Tat begangen hatte oder hatten Natascha und er gemeinsam diese ganze Sache nur vorgetäuscht? Hatten sie vielleicht selbst etwas mit Jasmins Verschwinden zu tun?

Anne glaubte zwar, dass die Frau, die sie im Konzert gesehen hatte, Jasmin war, aber es gab doch immer wieder Doppelgänger, die einen täuschen konnten. Man konnte also gar nicht sicher sein, dass Jasmin einfach weggegangen war, vielleicht war ihr etwas zugestoßen?

Bärbel war ebenfalls überrascht über diese Wendung des Falles. Die verletzte Natascha hatte also doch anscheinend ihr Gedächtnis nicht so ganz verloren. Das allein machte sie schon verdächtig und Jans Verhalten fand sie empörend. Wie konnte er Jasmin einfach so aus seinem Leben abhaken, schließlich hatten sie schon mehr als zehn Jahre in einer nach außen recht harmonischen Ehe gelebt.

Ihr fiel aber doch noch etwas ein, sie würde den ganzen Fall einmal Yves erzählen, denn er hatte häufig als IT- Spezialist im CERN gearbeitet, vielleicht ergaben sich ja irgendwelche Anknüpfungspunkte zu Jan und Natascha.

Prompt kam am nächsten Tag eine Mail von Bärbel:

Hallo, Anne,
ich habe Neuigkeiten. Stell dir vor, Yves fand die Krimi-
nalstory, die ich ihm gestern erzählte, höchst interessant. Er
kennt sogar einige dieser Personen. Sein Bruder Bert arbei-
tet als Physiker im CERN und er hat einen deutschen
Freund mit dem Namen Jan. Dieser Jan hat sogar öfters im
Gästezimmer von Berts Familie übernachtet, wenn er we-
gen der vielen Kongresse und Events in Genf mal wieder
kein Hotelzimmer gefunden hatte. Yves kennt sogar auch
Jasmin, denn zwischen Berts Frau Yvonne und ihr hatte
sich eine Freundschaft ergeben und da beide im Alpenverein
waren, unternahmen sie auch öfters Bergtouren. Yves
kannte Jan nicht so genau, da sie sich nur ab und zu im
CERN oder bei gemeinsamen Abendessen begegnet waren.
Er fand ihn sehr kompetent in seinem Fach, aber ansonsten
recht zurückhaltend und eher etwas unterkühlt. Zur Bezie-
hung zwischen Jan und Jasmin konnte er nicht viel sagen,
er dachte, dass sie eigentlich gut zusammenpassten.
Übrigens kannte er auch Natascha. Er wusste, dass sie
wohl aus dem ehemaligen Ostblock stammte und auch dort
studiert hatte. Von ihr war bekannt, dass sie witzig, aber
auch sehr impulsiv und cholerisch reagieren konnte. Mit ihr
war die Zusammenarbeit nicht immer angenehm, wie man-
che Kollegen berichteten. Viele hatten sich gewundert, dass
sie mit dem Deutschen, Jan, so gut zurechtkam.
So und nun wird es richtig interessant, denn vor circa
zwei Wochen stand Jasmin eines Abends vor Berts Tür und
fragte, ob sie die Nacht bei ihnen im Gästezimmer schlafen
könne, sie habe auf die Schnelle kein Hotelzimmer in Genf
gefunden.
Yvonne war glücklich, sie zu sehen. Sie bemerkte natür-
lich, dass Jasmin etwas bedrückt war und erfuhr dann auch
von ihr, dass sie Eheprobleme hatte und einfach einmal eine

Auszeit brauchte. Die beiden beratschlagten dann, was sie nun gemeinsam machen könnten. Yvonne konnte sich ebenfalls einige Tage Urlaub nehmen und so beschlossen sie, eine längere Tour in die Pyrenäen zu machen. Jasmin, die Hals über Kopf von zu Hause abgereist war, wollte jedoch nochmals kurz in ihr Haus zurückfahren um sich Kleider, verschiedene Unterlagen aus ihrem Safe und ihre Bergausrüstung mitzunehmen. Das traf sich auch gut, denn sie wusste, dass ihr Mann auf einer Geschäftsreise in Südamerika war.

Yvonne, die sich sehr für klassische Musik interessierte, wusste, dass an diesem Wochenende eine berühmte Pianistin mit dem Kurpfälzischen Kammerorchester im Mannheimer Schloss auftrat und so wollte sie das Nützliche mit dem Angenehmen verbinden.

Anne hatte sich also nicht getäuscht, sie hatte keine Doppelgängerin gesehen, sondern Jasmin selbst.

Soweit Bärbel wusste, waren Yvonne und Jasmin nun in den Pyrenäen unterwegs. Sie gab Anne die Adresse von Yvonne und Bert in Genf, damit sie Jasmin kontaktieren konnte. Ob Jasmin ein neues Handy besaß, wusste sie nicht. Welche Pläne Jasmin nun weiterhin hatte, konnte sie auch nicht sagen. Sie hatte zu Yvonne gesagt, dass sie vorerst nicht nach Deutschland zurückwolle und dass sie ihren Job zunächst einmal für ein Sabbatjahr ruhen lassen würde.

Anne war froh, dass sie nun wusste, dass Jasmin nichts zugestoßen war und dass sie eine Kontaktadresse von ihr hatte.

Sollte sie nun gleich die Kommissarin anrufen und ihr diese Neuigkeit mitteilen? Sie beschloss, doch noch einige Tage zu warten, denn, wie hatte Frau Becker gesagt, die Fahndung nach Jasmin war ja ausgeschrieben. Sie war gespannt, wie schnell die polizeiliche Recherche funktionieren würde.

KAPITEL 17

An diesem Abend konnte sie lange Zeit nicht einschlafen, weil das Verhalten von Jasmin für sie viele Fragezeichen enthielt. Wie frei war Jasmin in ihrer Entscheidung, Deutschland zu verlassen, ihren Beruf zumindest für einige Zeit aufzugeben oder sogar nochmals etwas ganz Neues anzufangen?

Hing es doch damit zusammen, dass sie sich schuldig gemacht hatte und sich dieser Verantwortung nun durch dieses Verschwinden entziehen wollte? Wie frei war der Mensch denn eigentlich insgesamt in seinen Entscheidungen?

Sie musste an das Experiment von Benjamin Libet denken, das ihr sehr zu denken gab.

Dieser amerikanische Neurowissenschaftler hatte erklärt, dass der Mensch überhaupt nicht frei entscheiden könne. Er hatte einen Test entwickelt, der sehr bekannt geworden war und der die Freiheit und die freien Entscheidungen der Spezies Mensch doch sehr stark anzweifelte.

Er hatte Testpersonen erklärt, dass sie zu einem beliebigen Zeitpunkt eine Hand heben sollten und anhand einer präzisen Uhr den Zeitpunkt dieses Entschlusses auf einem Blatt festhalten sollten. Gleichzeitig wurde von einem Tester festgehalten, wann, auf die Millisekunde genau, die Hand gehoben worden war.

Das Ergebnis, das mehrfach überprüft worden war, verblüffte die Tester. Das Heben der Hand erfolgte, bevor die Testperson überhaupt den Entschluss dazu gefasst hatte. Dieses Ergebnis des Wissenschaftlers Libet warf natürlich sehr viele Fragen auf.

War der Mensch denn überhaupt frei?

Anne beschloss, dass sie dieses Thema der Freiheit morgen unbedingt in ihren Philosophiekurs einbauen würde, denn sie behandelten diese Thematik gerade in ihrem Kurs. Sie war gespannt, was ihre Kursteilnehmer dazu sagen würden.

So projizierte sie am nächsten Tag den folgenden Satz von Sartre an die Tafel:

„Der Mensch ist zur Freiheit verurteilt.“
(Sartre)

„Stimmt dieser Satz?“

Zunächst einmal war es still. Jens meinte dann: „Der Mensch ist frei in seinen Entscheidungen, das glaube ich und das finde ich auch gut. Mir gefällt aber nicht, dass er dazu verurteilt sein soll. Wer hätte ihn denn dann dazu verurteilt?“

„Stimmt, denn dann wäre er ja wieder unfrei und es müsste ein Wesen geben, das ihn dazu verurteilt hätte. Haben Sie uns denn nicht letzte Stunde erklärt, dass Sartre ein Atheist war, dass es für ihn kein höheres Wesen, also keinen Gott gab?“, meinte Charlotte etwas ratlos.

„Ja, das stimmt“, bestätigte Anne, „laut Sartre gibt es dieses höhere Wesen nicht, sondern der Mensch wird durch seine Geburt in eine Existenz hineingeworfen, deren Sinn er selbst finden muss.“

„Eigentlich ist das ganz schön hart für den Menschen, wenn er so ganz bloß und nackt in diesem

Universum steht. Dann finde ich es doch viel besser, gläubig zu sein, denn dann hat Gott mich in diese Welt geschickt und mir durch seine Gebote einige Regeln an die Hand gegeben, wie man gut leben soll. Am Schluss des Lebens gibt der Glaube mir dann auch noch die Hoffnung auf ein Paradies, das ist doch eine bessere Perspektive als der Existenzialismus von Sartre" – das meinte Jury und einige andere stimmten ihm zu.

„Ich finde das sowieso etwas zu viel verlangt von einem Menschen, dass er immer ganz frei entscheiden soll und damit hundertprozentig für seine Taten verantwortlich ist", meinte Jennifer, „das überfordert den Menschen doch total."

„Genau, wie kann der Mensch ein glückliches oder zumindest zufriedenes Leben führen, wenn er immer für alles verantwortlich gemacht wird, was er tut? Es gibt doch sogar vor Gericht ‚mildernde Umstände', wenn jemand durch seine Lebensverhältnisse oder eine schlechte Erziehung so beeinflusst wurde, dass er sich gar nicht mehr frei entscheiden kann", stimmten einige Jennifer zu.

Anne stellte ihnen nun die Testergebnisse von Benjamin Libet vor, der herausgefunden hatte, dass der Mensch überhaupt nicht frei entscheiden konnte, da er schon handle, ehe er überhaupt den Entschluss dazu gefasst hatte.

Das fanden die meisten noch viel empörender als Sartres Meinung, denn hier sprach man dem Menschen jedes Verantwortungsgefühl ab und stellte ihn als quasi willenlose Maschine dar.

„Wenn das so wäre, könnte man ja niemanden mehr vor Gericht stellen und zur Verantwortung ziehen, dann wäre ja alles nur eine Frage des Schicksals, dass der eine sich anständig verhält und der andere nicht. Das heißt, man könnte den Straftäter nicht zur Verantwortung ziehen. Das gäbe aber Chaos in einer Gesellschaft, so können Menschen nicht existieren", meinte Dirk.

„Stimmt, eine Gesellschaft braucht Regeln, sonst kann kein Vertrauen entstehen und ‚einer wird der Wolf des anderen‘, wie Hobbes das schon früher erklärt hatte", war Theas Meinung.

Anne musste grinsen, na, da war doch wohl ab und zu etwas hängengeblieben.

Am Ende der Stunde gingen ihr die Kommentare der Schüler dann noch einmal durch den Kopf. Sie forderten also, dass der Mensch Verantwortung für sein Tun übernehmen musste. Im Grunde war sie auch dieser Meinung, natürlich gab es Einschränkungen und mildernde Umstände, aber der Mensch war doch ein denkendes Wesen, das sich im Allgemeinen für oder gegen etwas frei entscheiden konnte.

Genau, das war es auch, was sie an Jasmins Verhalten nicht verstand. Warum war sie einfach abgehauen, ohne eine Erklärung für ihr Verhalten zu geben? Jasmin war doch eine sehr rationale Person und ließ sich normalerweise nicht von Emotionen überrumpeln. Sie musste sie unbedingt kontaktieren.

KAPITEL 18

Natascha sollte nun demnächst aus der Reha-Klinik entlassen werden. Sie litt zwar noch immer unter Migräneattacken, aber ihre Gedächtnisausfälle hatten sich gebessert. Sie sollte sich in die ambulante ärztliche Betreuung von Neurologen begeben, denn stationär könne man keine weitere Verbesserung erreichen, hatten die Ärzte in der Klinik ihr empfohlen.

Die Klinikleitung hatte der Kommissarin mitgeteilt, dass Natascha Wollin nun auch ohne Bedenken verhört werden könne. Frau Becker, die Kommissarin, hörte diese Mitteilung natürlich gerne, denn sie wollte diesen merkwürdigen Fall möglichst bald abschließen und ihren Vorgesetzten den Täter präsentieren.

Sie hatte Jans Alibi ebenfalls überprüft. Er hatte behauptet, nach seiner Mittagspause ab 15.00 Uhr wieder an seinem Arbeitsplatz im Büro gewesen zu sein. Der Portier des physikalischen Instituts hatte bestätigt, dass der Herr Justin häufig in der Mittagspause in das benachbarte italienische Restaurant mit einigen Kollegen zum Mittagessen ging. Auch an diesem Tag hatte er ihn und einige Kollegen gegen 13.30 Uhr an seiner Portiersloge vorbei gehen sehen. Wenn er sich recht erinnerte, war diese Gruppe auch kurz vor 15.00 Uhr wieder zurückgekommen, aber ob Herr Justin dabei war, das konnte er nun wirklich nicht hundertprozentig bestätigen.

Er hatte auch nicht so genau darauf geachtet, ob es jetzt wieder alle fünf Herren waren, die zurückkamen oder nur vier, denn zur gleichen Zeit hatte das Telefon geläutet.

Als Alibi für Jan konnte Frau Becker diese Aussage nicht nehmen. Sie musste weitersuchen. Sie ließ alle Telefonkontakte von Jan überprüfen, sowohl die Festnetz- als auch die Mobilkontakte. Das war nun schon interessanter. Festnetzkontakte aus seinem Büro gab es in der Zeit von 13.10 bis 15.50 Uhr keine. Sein Handy zeigte gegen 14.30 Uhr einen Kontakt auf, er war angerufen worden. Leider hatte der Sender ein Prepaid – Handy, so dass der Eigentümer dieses Handys nicht ersichtlich war. Es stellte sich heraus, dass dieser Anruf Jan in dem italienischen Restaurant erreicht hatte, in dem er zum Mittagessen mit seinen Kollegen war. Insofern stimmte also seine Aussage.

Die Kommissarin befragte dann noch die Kollegen, die mit Jan zum Essen gegangen waren. Auch diese bestätigten sein Alibi und versicherten, dass er auch mit ihnen zurückgegangen war. Also, Fehlanzeige, sie musste nun versuchen, ob Natascha sich während des Verhörs vielleicht einmal verhaspelte und etwas Widersprüchliches verriet.

Zum Verhör erschien Natascha Wollin perfekt gekleidet, wie man sich eine weltgewandte Businessfrau oder auch Wissenschaftlerin vorstellte. Der Kommissarin kam dieser Auftritt jedoch eher so vor, als habe Natascha damit einen Schutzpanzer aufgebaut.

„Schildern Sie doch einmal, was an diesem heißen Nachmittag im Frühsommer geschehen ist", wollte sie wissen.

„Ich hatte mittags in einem hübschen kleinen Lokal in der Heidelberger Innenstadt gegessen. Danach schlenderte ich über die historische Brücke aus rotem

Sandstein auf die andere Neckarseite. Hier fiel mir ein Straßenschild mit der Bezeichnung ‚Schlangenweg' in die Augen. Dahinter sah ich einen schmalen Weg, der nach oben führte. Der Weg war von Sträuchern und Bäumen überragt und sah recht schattig aus. Da es an diesem Tag fürchterlich heiß war, schlug ich diese Richtung ein. Hier war es wirklich sehr angenehm und so hoffte ich, auf einigermaßen angenehme Weise zum Philosophenweg zu gehen.“

„Was wollten Sie dort oben?“

„Der Blick von dort auf Heidelberg, das Schloss und den Neckar ist für mich immer wieder faszinierend.“

„Wollten Sie denn am Philosophenweg jemanden treffen?“

„Nein, zu diesem Zeitpunkt nicht. Später, gegen Abend, wollte ich mit meinem Kollegen Jan Justin und seiner Frau im ‚Anker' zu Abend essen.“

„Herr Justin ist also ein Kollege von Ihnen?“

„Ja, ich habe ihn vor einiger Zeit bei einer Fortbildung in der Schweiz kennen gelernt. Wir sind beide Physiker und arbeiten in der Grundlagenforschung über die verschiedenen Ursachen der Entstehung des Weltalls.“

„Sie sagen also, dass sie eine Kollegin sind. Bei unseren Beobachtungen von Jan Justin hatten wir jedoch den Eindruck, dass ihr Verhältnis zueinander doch etwas persönlicher ist als kollegial.“

„Wieso, woraus schließen sie das?“

„Herr Justin war während ihres Aufenthalts in der Reha-Klinik fünfmal zu Besuch bei Ihnen. Bei Ihren Gesprächen haben Sie ihn immer wieder nach seiner Frau befragt, wie wir von den Pflegerinnen erfahren haben, und sie wollten wissen, ob alles nach Plan laufe.“

„Das kann ich Ihnen erklären. Jan hatte mir schon vor einiger Zeit gesagt, dass seine Frau sich beruflich verändern wolle und ich wollte einfach wissen, was sie vorhat."

Da verlor die Kommissarin die Geduld: „Frau Wollin, jetzt wollen wir doch einmal Klartext reden. Sie hatten ein Verhältnis mit Ihrem Kollegen und dabei war Ihnen natürlich seine Frau im Wege."

Natascha zuckte nur kühl mit den Achseln und meinte: „Das müssen Sie mir erst einmal beweisen."

„Wenn Sie wollen, gerne. Sie haben die letzten Monate mehrmals täglich mit Herrn Justin telefoniert. Sie haben ihm täglich Mails geschickt, die an Deutlichkeit nichts zu wünschen übriglassen, hier zitiere ich einmal einige Aussagen: „Ich muss dich dringend treffen, ich liebe dich."

„Ein Leben ohne dich kann ich mir nicht mehr vorstellen."

„Ich freue mich so, dich bald in die Arme zu schließen."

„Das Doppelzimmer für unsere nächste Fortbildung habe ich schon gebucht."

Diese Aussagen sind doch recht eindeutig, finden Sie nicht auch?"

„Na und, ich hatte mich in Jan verliebt und hatte auch eine Affäre mit ihm. Das macht mich aber noch nicht kriminell in den Augen der Justiz, oder."

„Nein, das nicht. Aber warum stellten Sie Jan immer die Frage, ob alles nach Plan laufe mit seiner Frau?"

„Ganz einfach, ich war sehr neugierig, wie sie sich nun beruflich entscheiden würde und was sie neu anfangen wolle. Klar, ich war eifersüchtig auf sie und ich hoffte, dass sie ihre Ehe vielleicht satthätte und Jan verlassen würde."

„Sie wissen doch, dass seine Frau Jasmin seit dem Vorfall im Schlangenweg von zu Hause verschwunden ist. Hat dies irgendwas mit Ihrer Verletzung dort zu tun.“

„Das kann ich Ihnen nicht sagen, schließlich war ich doch bewusstlos.“

„Exakt, man fand sie bewusstlos mit einer schweren Kopfverletzung. Aber wie kam es zu dieser Verletzung?“

„Wenn ich das selbst so genau wüsste, könnte ich es Ihnen sagen.“

Frau Becker schaute sie perplex an:

„Was, das wissen sie nicht?“

„Nein, wirklich nicht. Ich hörte, dass jemand hinter mir sehr schnell gelaufen kam und drehte mich um. Aber ich sah nur schemenhaft eine schwarz gekleidete Gestalt, die Mütze über das Gesicht gezogen, die plötzlich hinter mir stand. Dann spürte ich einen wahnsinnigen Schmerz am Kopf und fiel. Und dann weiß ich nichts mehr.“

„Konnten Sie das Gesicht des Täters oder der Täterin sehen?“

„Nein, das ging alles so schnell. Ich habe keine Erinnerung mehr daran.“

„Was vermuten Sie denn?“

„Meiner Meinung nach war es ein Raubüberfall. Meine Halskette und meine Handtasche waren ja seitdem auch verschwunden.“

Das war nun neu für die Kommissarin, denn eine Kette hatte man bei den jungen Handtaschendieben nicht gefunden.

Natascha sollte nun diese Kette genau beschreiben, damit man eine Zeichnung anfertigen konnte.

Die Kommissarin konnte Natascha außer ihrer Affäre zu Jan nichts nachweisen und musste sie also gehen lassen. Ungern, denn irgendwie hatte sie ein ungutes Gefühl, dass hier irgendwas nicht stimmte.

Sie bestellte Jasmins Ehemann Jan für den nächsten Tag ein, um ihn nochmals ganz genau zu seinem Alibi und seinem Verhältnis zu Natascha zu befragen. Er sollte ihr auch Auskunft geben über Freunde und Bekannte seiner Frau Jasmin, denn bisher hatte die Fahndung noch nichts ergeben.

Jasmins Handy hatte man in Mannheim in einem Abfallkorb gefunden, natürlich ohne Sim - Karte, so dass es, abgesehen von ein paar Fingerabdrücken Jasmins, keine weiteren verwertbaren Spuren aufzeigte. Ihr Auto war ebenfalls wie vom Erdboden verschwunden. Seit ihrem Anruf bei Ihrer Arbeitsstelle, als sie sich für längere Zeit beurlauben ließ, hatte die Polizei keine verwertbaren Spuren mehr von ihr gefunden. Sie konnte sich doch nicht in Luft aufgelöst haben.

Jan erschien am nächsten Nachmittag zur vereinbarten Stunde, sichtlich nervös, so schien es der Kommissarin. Sie setzte deshalb einmal gleich zur Attacke an: „Herr Justin, Ihr Alibi ist nicht ganz wasserdicht.“

„Wieso?“

„Der Portier hat zwar beobachtet, dass Sie mit Ihren Kollegen am Tattag zum Mittagessen gegangen waren, aber er kann nicht bestätigen, dass Sie auch mit ihnen zurückgekommen sind.“

„Haben Sie denn nicht meine Kollegen befragt, die wissen doch genau, dass ich mit ihnen zurückgegangen bin.“

„Ja, das stimmt. Ihr Büro ist im Erdgeschoss, nicht wahr?“

„Ja, allerdings. Spielt das eine Rolle?“

„Wir haben das nachgeprüft und festgestellt, dass es vom Erdgeschoss aus einen Hinterausgang gibt, der nur selten benutzt wird, aber Insidern bekannt ist.

Über diesen Ausgang können Sie, ohne dass der Portier oder die Kollegen es gemerkt hätten, schnell nach draußen gegangen sein. Ihr Institut liegt ja nicht weit entfernt vom Philosophenweg. Als guter Jogger, der Sie sind, hätten Sie den Schlangenweg in zehn Minuten erreichen können, nicht wahr?“

„Warum hätte ich das denn tun sollen? Wen hätte ich denn dort treffen sollen?“

„Sie wussten doch, dass Ihre Freundin Natascha in der Stadt war, denn Sie und Ihre Frau wollten sich doch an diesem Abend zum Essen treffen.“

„Wer hat das gesagt?“

„Ihre Freundin, oder stimmt das etwa nicht?“

„Doch, sie hatte mich schon seit Wochen bearbeitet, dass sie sich mit uns beiden treffen wolle und alle Probleme besprechen wolle.“

„Das klingt so, als wären Sie an einer solchen Aussprache nicht gerade interessiert gewesen.“

„Nein, durchaus nicht. Wissen sie, unsere Beziehung war am Anfang für mich sehr schmeichelhaft, denn diese interessante Frau ist recht attraktiv. Sie nervte mich aber dann zusehends immer mehr, da sie sich wie eine Klette an mich hängte. Ich brauchte schon immer in meinen Beziehungen meinen persönlichen Freiraum und diesen hatte ich in meiner Ehe mit Jasmin durchaus gefunden. Deshalb war ich eigentlich ganz froh, dass Jasmin etwas von unserer Liaison bemerkt hatte. Ich glaube auch, dass Natascha wusste, dass ich wegen ihr meine Ehe mit Jasmin nicht aufgeben würde.“

„Sie hätten also durchaus ein Motiv gehabt, die zur Last gewordene Geliebte einfach auszuschalten, nicht wahr?“

„Ach, wissen Sie, ich bin doch kein liebestoller Teenager mehr, der sich von seinen überschießenden

Hormonen leiten lässt und nun die Geliebte wie in einer italienischen ‚Grand Opera' in einem Hohlweg schnell umbringt, um allen Verdächtigungen zuvor zu kommen."

„Okay, nehmen wir einmal an, das stimmt so, wie sie es sagen. Warum ist dann aber Ihre Frau verschwunden? Wo kann Sie sein, haben Sie etwas von ihr gehört?"

„Nein, aber ich denke, dass sie bei Bekannten in der Schweiz ist."

„Gut, dann nehmen Sie diesen Notizblock und schreiben Sie mir alle Adressen auf, an denen Ihre Frau sich befinden könnte."

Jan tat dies und die Kommissarin verabschiedete sich von ihm:

„Sie können jetzt gehen, aber bleiben Sie bitte hier am Ort. Auslandsreisen sind für Sie bis zur Klärung des Falles verboten."

KAPITEL 19

Yvonne und Jasmin waren nun schon seit einigen Tagen auf ihrer Wandertour in den Pyrenäen. Sie befanden sich im Nationalpark Ordesa und am Fuß des Monte Perdido, dem mit 3355 Metern dritthöchsten Berg der Pyrenäen. Bei ihren Tagestouren hatten sie diesen Berg immer wieder vor Augen. Jetzt, Mitte Juni, war er noch fast bis ins Tal schneebedeckt. Eine Bergbesteigung hatten sie nicht vor, dazu hätten sie eine spezielle Hochgebirgsausrüstung gebraucht, so wanderten sie in den Schluchten des Valle de Ordesa, die teilweise an den Grand Canyon erinnerten. Das Wetter spielte mit. Meistens war es sonnig und häufig konnten sie an einem der kleinen Bergseen Mittagspause machen. Sie hatten ihre Touren so geplant, dass sie abends in einer der Berghütten übernachten konnten.

Die ersten Tage kamen sie kaum zu persönlichen Gesprächen, denn die Routenplanung, das Bestaunen der Schluchten und die Fauna und Flora ergaben genügend Gesprächsstoff. Jasmin fotografierte ständig die faszinierenden Eindrücke. Das war ihr Hobby und sie hatte schon einige kleinere Erfahrungsberichte von ihren verschiedenen Bergtouren veröffentlicht.

An einem Nachmittag machten sie wieder einmal Rast an einem dieser kristallklaren Bergseen, den sie auch aus den verschiedensten Blickwinkeln fotografierte.

Yvonne betrachtete sie schon seit einer Weile und hatte den Eindruck, dass sie zumindest momentan glücklich war. Die ersten Tage ihrer Tour hatte sie bemerkt, dass Jasmin bedrückt und melancholisch war. Da sie nichts über ihre momentane Ehekrise erzählte, vermied Yvonne es, das Gespräch darauf zu bringen.

Sie genossen diese schönen Urlaubstage und widmeten sich ganz und gar dem sogenannten ‚Carpe diem‘, dem Wunsch, in den Tag hinein zu leben und die Sorgen für eine Weile zu vergessen.

„Vielleicht mache ich einen Beruf daraus, Touren zu beschreiben und zu veröffentlichen. Was meinst du?", wollte sie von Yvonne wissen.

„Ja, das scheint dir Spaß zu machen. Natürlich muss man das genau überlegen. Willst du denn mit deinem gewohnten Leben ganz brechen, einen harten Schnitt machen? Beschreibungen von Touren oder touristischen Sehenswürdigkeiten kannst du ja auch von zu Hause aus veröffentlichen."

„Sicher, aber wenn man den Eindruck hat, dass dieses Zuhause, in dem man sich wohlgefühlt hat, einen nicht mehr trägt? Soll man dann darin verharren?"

„Schwierige Frage. Man kann ja eventuell dieses Zuhause neu ausrichten oder verändern, so dass es wieder passt. Meinst du nicht?"

„Yvonne, sprichst du aus Erfahrung? Hast du auch schon einmal die Idee gehabt, wegzugehen und nochmals neu zu beginnen?"

„Ich glaube, diese Ideen kommen jedem Menschen einmal im Lauf seines Lebens. In der Mitte des Lebens befindet man sich ja eigentlich in einer richtigen Rushhour, denn man bastelt an seiner beruflichen Karriereleiter, gleichzeitig hat man oft finanzielle Sorgen oder familiäre Probleme mit dem Partner, den Kindern oder anderen Verwandten. Und eigentlich stellen alle

Forderungen an einen, denen man genügen soll. Man hat nie Zeit für sich selbst und wünscht sich häufig, dass der Tag doch bitte nicht nur vierundzwanzig, sondern sechsunddreißig Stunden haben möge."

„Ja, stimmt. Bei dir ist die Situation natürlich noch etwas stressiger mit deinen beiden Kindern, das kann ich mir gut vorstellen. Kinder habe ich ja nun keine, nicht, dass ich abgeneigt gewesen wäre, aber Jan ist kein Mann, mit dem man Kinder haben könnte. Er liebt es, immer unterwegs zu sein und heulende Kleinkinder waren für ihn schon immer eine reine Zumutung, wie ich häufig feststellen konnte. So haben wir das dann gelassen. Und jetzt ist es dazu sowieso zu spät. Wenn das Vertrauen zerbrochen ist, sollte man es meiner Meinung nach auch nicht mehr kitten."

„Krisen in Ehen gibt es immer wieder einmal."

„Kann schon sein, aber ich glaube, du hast mit Bert doch das große Los gezogen. Er ist ein Familienmensch durch und durch."

„Stimmt, die Familie geht bei ihm immer vor. Das hat er wohl auch aus der schmerzhaften Erfahrung seiner eigenen Familie gelernt."

„Hatte er keine glückliche Kindheit oder wieso gab es schmerzhafte Erfahrungen?"

„Er selbst und auch sein Bruder wuchsen sehr behütet auf, aber ihr Vater, Jakob, hatte als Kind sehr traumatische Erfahrungen gemacht und litt sein ganzes Leben lang an Depressionen. Irgendwie hatten die Kinder diese unglückliche Familiengeschichte erfahren und ich glaube, deshalb legten sie Wert darauf, eine Familie zu haben."

„Erzähl doch mal, warum war Jakobs Kindheit denn so traumatisch?"

„Alle Details weiß ich natürlich nicht, aber es hing, wie so viele Schicksale in dieser Zeit mit den Nazis zusammen. Jakobs Mutter, Eva, stammte aus Deutschland und bis zum Beginn der Naziherrschaft fühlte sie sich auch immer als richtige Deutsche. Erst als die Nazis an der Regierung waren und es zu den Nürnberger Gesetzen kam, wurde es ihr bewusst, dass sie auch jüdischer Abstammung war. Ihr Mann war Deutscher und als sie heirateten, spielte ihre jüdische Herkunft noch überhaupt keine Rolle. Man betrachtete ihre Familie sogar als sehr deutsch, denn mehrere Familienmitglieder hatten im ersten Weltkrieg militärische Orden erworben und ein Onkel war bei der Schlacht von Verdun gefallen. Sein Name war auf dem Gedenkstein für die Gefallenen des ersten Weltkriegs eingemeißelt.

Jakobs Mutter hatte von ihren Eltern ein kleines Lokal übernommen und war im Ort anerkannt. Ihr Mann arbeitete als Ingenieur bei der Firma Bosch. Als die politische Lage in Deutschland 1939 nach Kriegsbeginn schlechter wurde, bot sich ihm die Gelegenheit, eine gut bezahlte Stelle in der Schweiz zu bekommen. Eva und ihr Mann Benjamin hatten sich dazu entschlossen, dass er diese Stelle annehmen solle, denn sie merkten, dass ihre Lage sich in Deutschland zuspitzen könnte.

Benjamin hörte fast täglich den englischen Sender von BBC und er bekam Angst, dass Eva und Jakob etwas zustoßen könnte.

Sobald er in der Schweiz Fuß gefasst hätte, wollte er die beiden zu sich holen. Das war die Abmachung.

Wie befürchtet, gab es auch eine Razzia in Evas Lokal, aber sie hatte sich mit ihrem kleinen Sohn Jakob in eine Notunterkunft flüchten können.

Eine Nachbarin, Anna, mit der sie sich gut verstand, hatte sie für einige Wochen in ihrer Holzhütte am Waldrand versteckt.

Benjamin war es gelungen, von einem Kollegen einen Wagen mit Schweizer Kennzeichen aufzutreiben und so hatte er in einer Nacht – und Nebelaktion seine Frau und seinen kleinen Sohn abgeholt, ohne dass jemand im Ort etwas bemerkt hatte. Das Auto mit dem Schweizer Kennzeichen kam auch ungehindert bis zur Grenze bei Basel durch.

Dort mussten sie ihre Pässe vorzeigen. Benjamin zeigte auch seinen Schweizer Arbeitsvertrag vor und war der Meinung, dass er weiterfahren könne. Als er schon am Anfahren war, wurde er jedoch nochmals zurückgepfiffen. Man sagte ihm, dass er und sein Sohn weiterfahren könnten, aber nicht seine Frau Eva. Bei der Überprüfung der Pässe hatte man festgestellt, dass irgendetwas mit ihrem Pass nicht stimmte. Sie bekam keine Einreiseerlaubnis und musste aussteigen.

Natürlich stieg Benjamin mit dem kleinen Jakob ebenfalls aus, er wollte nicht, dass die Familie getrennt würde. Er erklärte den Zöllnern den ganzen Sachverhalt, dass er in der Schweiz arbeite und nun seine Familie zu sich nehmen wolle, da sie sich in Deutschland nicht mehr sicher fühlten.

Die Grenzbeamten stellten sich jedoch auf den Standpunkt, dass er und sein Sohn einreisen dürften, aber seine Frau müsse erst offiziell bei ihrer Heimatbehörde eine Genehmigung zur Einreise in die Schweiz beantragen.

Was sollten sie nun tun?

Eva war der Meinung, dass Benjamin den kleinen Jakob mitnehmen solle und sie würde zurück zu ihrer Freundin Anna fahren, die würde ihr schon helfen, eine Ausreisegenehmigung zu bekommen. Sie alleine würde sich schon irgendwie durchschlagen, wenn nur der Kleine gut versorgt wäre.

Benjamin fand diese Entscheidung Evas nicht gut, aber er wusste auch nicht, was er sonst machen sollte. Er sagte zu Eva, dass er in Genf bei den dortigen

Behörden ebenfalls versuchen wolle, eine Einreisegenehmigung für sie zu bekommen.

Das war das letzte Mal, dass Jakob seine Mutter gesehen hatte, als er sich von ihr in Basel trennte. Eva kam gar nicht mehr in ihren Heimatort zurück, denn bei einer Razzia im Zug zurück nach Mannheim wurde sie aufgegriffen und sie erlitt dann später das Schicksal vieler Mannheimer Juden, dass man sie in einen Zug in das Lager nach Gurs setzte. In diesem Lager erlag sie in dem ersten kalten Winter auf Grund ihrer körperlichen Schwäche einer Lungenentzündung und verstarb.

Dies erfuhren Jakob und sein Vater aber erst nach dem Krieg. Jakob war über den Verlust seiner Mutter nie hinweggekommen. Er hatte zwar später eine Schweizerin geheiratet und hatte mit ihr zwei Söhne, aber Melancholie und Depressionen bestimmten sein Leben.

Er verstarb nach einem schweren Autounfall, bei dem kein anderer beteiligt war. Er war in den Alpen in einer Haarnadelkurve von der Straße abgekommen und in eine Schlucht gestürzt, er verbrannte in seinem Auto.

Siehst du, wegen dieser schmerzlichen Familiengeschichte hat mein Bert gelernt, dass die Familie etwas Schützenswertes ist."

„Das war allerdings eine harte Lektion für ein Kind. Im Nachhinein kann ich jetzt eigentlich froh sein, dass wir keine Kinder haben, denn diese leiden unter der Trennung der Eltern immer am meisten."

„Muss es denn bei dir unbedingt eine Trennung sein?"

„Ich befürchte, doch. Weißt du, es sind im Zusammenhang mit dieser Natascha etliche unangenehme Dinge passiert", Jasmin zögerte, als wolle sie noch etwas sagen, meinte dann nur, „aber darüber möchte ich jetzt nicht sprechen."

Während der restlichen Urlaubstage mieden sie dann dieses Gesprächsthema.

Auf der Rückfahrt beschlossen sie, ein paar Tage in Perpignan zu bleiben und dann an der französischen Küste entlang bis nach Montpellier weiter zu fahren. In dieser Frühsommerzeit war die Küste noch nicht so überlaufen wie während der Hochsaison ab dem vierzehnten Juli.

In Perpignan besichtigten sie die Stadt und am nächsten Tag besuchten sie im Museum eine Dali-Ausstellung und stellten fest, dass Dali nicht nur ein Meister des Surrealismus gewesen war, sondern dass er in seinen Anfängen sehr naturgetreue Zeichnungen und Gemälde seiner Heimat gemalt hatte.

Am nächsten Tag kamen sie zu einem kleinen Städtchen am Mittelmeer, das Jasmin auf Anhieb gefiel. Es lag an einer sehr schönen breiten Bucht des Mittelmeers und es gab einen großen Strand. Die Badesaison hatte schon begonnen und so machten sie dort kurz entschlossen Halt und sprangen auch ins Meer. Das Wasser war zwar noch etwas frisch, aber da die Bucht sehr geschützt lag, war es schon so weit temperiert, dass sie weit hinausschwimmen konnten. Sie beschlossen, sich dort in einem kleinen Hotel für ein oder zwei Nächte einzumieten und nach der anstrengenden Bergtour etwas zu relaxen.

Am nächsten Tag bummelten sie durch das Städtchen, kauften sich Obst auf dem Marché und zwei Baguettes in der Bäckerei.

Sie betrachteten die Auslagen im Buchladen und gingen hinein, um ein bisschen in den Neuerscheinungen zu stöbern.

Da sie beide Leseratten waren, wurden sie auch bald fündig. Eine ältere Verkäuferin kam auf sie zu und wollte wissen, ob sie noch weitere Beratung brauchten. So kamen sie ins Gespräch und erfuhren, dass die Frau die Besitzerin der kleinen Buchhandlung war. Sie erzählte ihnen, dass sie den Buchladen schon mehr als dreißig Jahre habe und dass sie ihn nach der Sommersaison schließen werde, da sie keine Nachfolgerin habe. Sie verkaufte neben den Büchern zwar auch Zeitungen und Ansichtskarten, aber in ihrer Nachbarschaft hatte vor einem Jahr ein großer Kiosk direkt am Strand aufgemacht, so dass ihr kleiner Laden nicht mehr so gut lief.

Yvonne merkte, dass Jasmin bei diesem Gespräch plötzlich sehr interessiert wurde und weitere Fragen zu diesem Buchladen stellte.

Die alte Frau freute sich sehr über ihr Interesse und wollte ihrerseits von Yvonne und Jasmin erfahren, was sie in der Gegend vorhatten. Die Freundinnen erzählten ihr, dass sie eine Bergtour in den Pyrenäen gemacht hatten und Jasmin zeigte ihr einige ihrer Fotos. Sie erzählte ihr, dass sie überlegte, nochmals etwas Neues in ihrem Leben zu machen und vorhatte, Reiseführer über Bergtouren oder auch über andere touristische Ziele herauszugeben. Sie könne sich auch vorstellen, irgendetwas anderes mit Büchern zu machen, entweder in einem kleinen Verlag oder auch in einer gut sortierten Buchhandlung.

Die Ladenbesitzerin lud die beiden dann zu einem Kaffee ein und da sie merkte, dass Jasmin es ernst meinte, schlug sie ihr vor, doch eine Weile bei ihr zu bleiben, damit sie herausfinden könne, ob das Arbeiten mit Büchern ihr zusagen würde. Wenn es ihr gefiele, bot sie ihr sogar an, dass sie ab dem Herbst die Buchhandlung dann selbständig übernehmen könne.

Jasmin fand dieses Angebot großartig. Es war genau das, was zu ihrer jetzigen Situation passte. Sie musste sich noch nicht sofort festlegen und beschloss nun, zunächst einmal für eine Probezeit von ein oder zwei Monaten zu bleiben, um zu sehen, ob ihr diese Tätigkeit auch auf Dauer zusagen würde.

So fuhr Yvonne nach zwei Tagen dann alleine in die Schweiz zurück.

KAPITEL 20

Nachdem die Kommissarin die letzten Aussagen von Natascha und ihrem Geliebten Jan nochmals durchgelesen hatte, beschloss sie, den Fall zunächst einmal ruhen zu lassen. Im Prinzip war kein Mord geschehen, Natascha hatte zwar eine schwere Körperverletzung erlitten, die aber mittlerweile ziemlich ausgeheilt war, so dass sie, zumindest teilweise, wieder ihrem Beruf nachgehen konnte.

Der Diebstahl ihrer Handtasche hatte sich als Gelegenheitsraub zweier kleiner Gangster herausgestellt, die dafür auch ihre gerechte Jugendstrafe bekommen hatten. Die Halskette, die man Natascha angeblich gestohlen hatte, war zwar nicht gefunden worden, aber sie vermutete, dass die beiden kleinen Gauner sie gleich nach der Tat zu Geld gemacht hatten.

Jasmin, die Frau von Jan, war immer noch verschwunden, aber bisher hatten sich keine Indizien ergeben, dass sie in die Tat verwickelt sein könnte. Und wenn Frau Becker es sich so recht überlegte, konnte sie schon nachvollziehen, dass Jasmin als betrogene Ehefrau einfach einmal abgetaucht war und eine Auszeit brauchte.

Schließlich war sie es auch gewesen, die auf die Rettungssanitäter
gewartet hatte und ihnen den genauen Tatort auf dem Schlangenweg zu der Bewusstlosen beschrieben hatte.

Trotzdem ließ die Sache ihr keine Ruhe, denn das Verhalten und die Aussagen von Natascha und Jan waren nicht ganz schlüssig und sie hatte den Eindruck, dass die beiden ein falsches Spiel spielten.

Sie wollte noch eine letzte Chance ausprobieren und lud die beiden einige Zeit später zu einer Tatortbegehung ein. An einem schönen warmen Sommernachmittag stiegen sie also zu dritt, von der alten Brücke kommend, den Schlangenweg hoch. Die Kommissarin in der Mitte beobachtete jede Reaktion der beiden.

Jan hatte sich zunächst gegen diese Begehung gewehrt, da er ja damals gar nicht am Tatort gewesen sei, aber die Kommissarin bestand trotzdem auf seiner Anwesenheit. Sie hatten schon mehr als die Hälfte des Schlangenwegs zurückgelegt, als Natascha meinte: „Ich glaube, hier war es.“

Laut den Aufzeichnungen des damaligen Tatortes war dies wohl auch der Ort des Geschehens. „Schildern Sie nochmals genau, wie das Ganze dann ablief.“

„Ich hörte plötzlich hinter mir Schritte, blickte mich um, sah eine schwarz vermummte Gestalt und bekam einen Schlag auf den Kopf“, wiederholte Natascha nochmals den Tathergang. Bei ihrer Schilderung beobachtete Frau Becker ganz genau die Gesichtszüge von Jan. War da nicht ein kurzes Zucken der Augenlider und dann sofort wieder ein ganz ausdrucksloser, unbeteiligter Gesichtsausdruck, ein richtiges Pokerface?

Natascha sah die Kommissarin triumphierend an: „Sehen Sie, ich kann nichts anderes sagen, denn genau so war es. Was danach geschah, daran kann ich mich nicht mehr erinnern.“

Die Tatortbegehung hatte also nichts Neues ergeben. Als sie am Ende des Schlangenwegs ankamen, kam ihnen eine ältere Frau von oben, vom Philosophenweg, entgegen und grüßte freundlich:

„Guten Tag, Herr Justin, sind sie auch wieder einmal hier unterwegs. Heute scheinen Sie ja nicht zu joggen."

Sie wandte sich an Natascha und die Kommissarin und erklärte ihnen: „Wissen Sie, ich habe hier am Schlangenweg eine kleine Gartenparzelle und sehe Herrn Justin fast täglich den Schlangenweg hochlaufen. Sie trainieren ja für den Heidelberger Marathon, nicht wahr Herr Justin?"

Jan war knallrot geworden und Natascha sah auch etwas verunsichert aus. Er bestätigte jedoch die Aussage der älteren Frau und sagte: „Ja, der Schlangenweg gehört zu meiner täglichen Laufstrecke."

Frau Becker unterhielt sich dann noch eine Weile mit der Gartenbesitzerin und fragte sie, ob sie sie einmal besuchen und ihr ein paar Fragen stellen dürfe, die bewusstlose Frau betreffend, die man vor einiger Zeit hier gefunden hatte.

Die Frau, die sehr mitteilsam war, sagte jedoch gleich: „Ja, wissen Sie, das habe ich damals auch in der Zeitung gelesen, aber gesehen habe ich nichts davon. Dazu kann ich Ihnen leider gar nichts sagen."

Die Kommissarin bestand trotzdem darauf, sie noch einmal besuchen zu dürfen. Dagegen hatte die ältere Dame auch gar nichts einzuwenden, man hatte eher den Eindruck, dass es ihr ganz angenehm war, dass man sie so wichtig nahm.

Der Kommissarin entging nicht der schnelle Seitenblick, den Natascha mit ihrem Freund wechselte. Gab es da nicht doch eine gewisse Verunsicherung?

Sie würde am Ball bleiben.

KAPITEL 21

Anne hatte, nachdem Bärbel ihr die Telefonnummer der Mallets in der Schweiz gemailt hatte, dort angerufen. Es meldete sich ein Bert Mallet und sie erkundigte sich nach ihrer Freundin Jasmin. Bert erzählte ihr, dass Jasmin mit seiner Frau Yvonne eine Bergtour in den Pyrenäen mache. In vier Tagen wollten sie wieder zurück sein, am besten solle sie dann nochmals anrufen, um mit Jasmin selbst zu reden. Die Handynummer von Jasmin wusste er nicht, aber er könne ihr die Mobilnummer seiner Frau geben. Allerdings gebe es in den Pyrenäen häufig Funklöcher, so dass die Kommunikation nicht zustande kam oder mitten im Gespräch einfach abbrach. Ihm war das in den letzten Tagen mehrmals passiert.

Anne bedankte sich und versprach, in einigen Tagen nochmals anzurufen. Zumindest wusste sie, wo Jasmin jetzt war. Insgeheim beneidete sie Jasmin, vor allem im Moment, denn sie wäre jetzt auch gerne bei schönem Wetter in den Bergen unterwegs, statt endlos lange Referate zu korrigieren.

Dieses Korrigieren was für sie eine regelrechte Sklavenarbeit. Sklavenarbeit, ja, das sagte man so einfach, ohne sich viel dabei zu denken. Für sie bedeutete das Wort eigentlich nur so etwas wie eine unangenehme Arbeit, die man nicht gern macht, aber die getan werden muss, weil sie einfach zu dem Job gehört, den man nun gerade erledigte. Was bedeutete es aber nun eigentlich?Sklaven gab es doch heute kaum mehr, das hatte sie lange Zeit gedacht.

Nun aber tauchte der Begriff in Fernsehdokumentationen immer wieder einmal auf, sei es, dass man von der armseligen Situation von Minenarbeitern in Südafrika berichtete oder von Asylanten, denen man nur Hungerlöhne in landwirtschaftlichen Großbetrieben zahlte. Ja, man musste gar nicht so weit weggehen, auch in Deutschland boten Betrüger jungen Frauen aus Tschechien, Rumänien oder anderen östlichen Staaten sichere Stellen als Haushaltsangestellte an. Wenn diese jungen Mädchen dann ins Land kamen, nahm man ihnen ihre Pässe ab, beraubte sie ihrer Freiheit und versklavte sie in irgendwelchen dubiosen Etablissements, um Freier zu bedienen.

Also Sklavenarbeit im eigentlichen Sinne dieses Wortes gab es leider auch heute noch überall auf der Welt. Häufig erkannte man sie von außen gar nicht auf den ersten Blick. Sie musste dabei an eine Situation als kleines Mädchen denken, als sie erst nach und nach erkennt hatte, dass jemand ganz in ihrer Nähe in einer solchen sklavenartigen Abhängigkeit existieren musste.

Im Nachbarhof ihrer Oma gab es einen Knecht, Matti, der immer viel arbeiten musste. Die Kinder mochten ihn, weil er immer freundlich zu ihnen war und sie überall spielen ließ. Auch die meisten Erwachsenen achteten ihn und mancher wünschte sich, einen solch fleißigen Knecht zu haben.

Nur dem Bauern, bei dem er lebte, konnte er es nie recht machen. Häufig hatte er blaue Flecke an den Armen oder Beinen.

Oma Anna, zu der er jeden Abend auf ein Schwätzchen kam, fragte ihn dann oft: „Matti, hast du dir weh getan?"

Matti war das immer etwas peinlich und er verharmloste die Sache, indem er sagte, dass er gestolpert sei oder vom Heuwagen gefallen wäre. Manchmal sagte er aber auch etwas bitter: „Der Bauer und ich waren mal wieder nicht einer Meinung.“

Dabei wusste man im Ort, dass er eigentlich gar nicht arm war. Er hatte nur das Pech gehabt, dass seine Eltern, die einen großen Bauernhof besessen hatten, sehr früh gestorben waren. Er, damals noch ein Kleinkind, wurde unter die Vormundschaft eines Onkels gestellt, eines brutalen und raffgierigen Verwandten. Dieser Mann sah es als seine einzige Erziehungspflicht an, zum Lederriemen zu greifen und das Kind in sadistischer Weise zu schlagen, sobald ihm etwas nicht passte.

Kein Wunder, dass der Junge unter diesen Verhältnissen keinerlei Förderung bekam. In der Schule kam er nicht mit, weil niemand ihm zu Hause half und weil man die Schule überhaupt nicht für wichtig hielt. Wichtig war für seinen Vormund nur, dass der Kleine auf dem Hof schuftete.

Anne dachte in letzter Zeit häufiger an diesen armen Kerl. Als Kind wurde ihr das ganze Unglück des Knechts gar nicht so bewusst. Sie hörte nur einmal, dass ihre Mutter zur Oma sagte: „Es gibt doch einen Tierschutzverein, der sich um geschundene Tiere kümmert. Warum gibt es keinen Menschenschutzverein, den man im Fall von schändlichem Verhalten informieren und einschalten könnte?“

Die Oma seufzte dann nur und sagte: „Ich habe schon alles Mögliche versucht und auch den Bürgermeister informiert, aber es passiert nichts. Weißt du, der Bauer ist sehr reich und einige profitieren von seinen Vergünstigungen, niemand traut sich so recht an ihn heran. Du merkst doch, dass er uns auch nicht mehr grüßt, weil er gemerkt hat, dass wir versuchen Matti zu helfen."

Als Ausgleich dafür, dass Anna nichts für ihn tun konnte, um seine Situation zu verbessern, durfte der Knecht jeden Abend in ihr Haus kommen, denn das Wohnzimmer seines Bauern durfte er nur an Weihnachten und Ostern betreten. Sein eigenes Zimmer war klein und nicht beheizt. So kam er häufig gegen Abend und spielte mit ihnen ‚Mensch-ärgere-dich nicht'.

Als Kind war man natürlich darauf erpicht zu gewinnen und deshalb gab es oft Streitereien. Anne ärgerte es besonders, wenn sie mit ihrer kleinen Schwester Rosi und ihrer Mutter und Oma spielte, dass diese der Kleinen viele Vorteile einräumten, so dass sie gewinnen konnte.

Wie sehr erstaunte es Anne jedoch, als sie das erste Mal bemerkte, dass Oma bei einem Spiel mit Matti und den Kindern dem Knecht gegenüber dieselben Rücksichten nahm, die sie sonst nur der kleinen Rosi zugestand. Als Anne sie während dieses Spiels fragend anschaute, blinzelte Oma ihr, mit Blick auf Matti, verschwörerisch zu. Später, als Matti nach Hause gegangen war, wollte Anne eine Erklärung dafür.

Oma nahm ihre Brille ab, lächelte und sagte: „Schau, Kind, du bist jetzt schon so groß und verständig, dass du es verwinden kannst, wenn du nicht gewinnst."

„Ja, aber Matti ist doch ein Erwachsener. Warum behandelst du ihn, als sei er ein kleines Kind, das nicht verlieren kann?"

„Anne überleg jetzt einmal. Hat Matti gemerkt, dass ich ihm während des Spiels Vorteile gegeben habe und dass er dadurch gewinnen konnte?"

„Nein, ich glaube nicht, Sonst hätte er sich nicht so über seinen Sieg gefreut.“

„Na, siehst du. Lass ihm doch dieses kleine Vergnügen. Er hat es doch schwer genug da drüben.“

Matti arbeitete für einen Hungerlohn, der ihm noch nicht einmal regelmäßig ausgezahlt wurde. Aber auch die geschundenste Kreatur besinnt sich in solchen Fällen auf Tricks. Sein Trick bestand darin, dass er beim Metzger und bei anderen Geschäften auf Pump einkaufte und sagte: „Der Bauer wird es bald bezahlen.“

In den Wirtschaften des Ortes war es ähnlich. Hier wurde ihm jedoch auch häufig ein Bier oder ein Schnaps spendiert, denn alle mochten ihn.

Später, Anne war etwa vierzehn, und in der Schule behandelten sie die Verbrechen der Nazis, da erfuhr sie die ganze Wahrheit über Matti.

Eines Abends saß sie mit ihrer älteren Schwester, ihrer Mutter und Oma am Abendbrottisch und man kam auf die Nazizeit zu sprechen. Die Rede kam darauf, dass man alle, die man für schwachsinnig hielt, in Nervenheilanstalten eingewiesen hatte.

„Das wussten wir damals alles nicht“, sagte Oma, „aber später, nach dem Krieg, wurde vieles aufgedeckt, was wir damals alles nicht bemerkt hatten. Wir müssen uns ja nur in der Nachbarschaft umgucken, da haben wir ja einen Betroffenen, der damals plötzlich verschwunden war und erst später wieder auftauchte.“

„Wen meinst du denn?“, Maria und Anne schauten sie ganz verblüfft an.

„Wen soll ich schon meinen? Ihr kennt doch Matti, den meine ich.“

„Gut, er ist nicht besonders intelligent, aber als schwachsinnig kann man ihn doch auf keinen Fall bezeichnen“, meinte Marie.

„Stimmt", erwiderte Oma, „so sehe ich das auch. Und dennoch wurde er eines Tages abgeholt und ihm wurde das Schlimmste angetan, was man einem Mann meiner Meinung nach antun kann." Sie machte eine Pause und sah ihre Tochter an, die schüttelte jedoch abwehrend den Kopf.

Oma verstummte, aber nun wollten die beiden Schwestern wissen, was das Schlimmste ist, was man einem Mann antun kann. Ihre Oma sah Kathrin an und sagte: „Sie sind doch keine kleinen Kinder mehr. Man kann mit ihnen nun über solche Dinge reden. – Man hatte Matti damals abgeholt. Keiner wusste, wohin man ihn gebracht hatte. Er wurde kastriert, mit der Begründung, dass Menschen von so schwacher Intelligenz es nicht wert seien, Kinder auf die Welt zu setzen."

Maria und Anne schwiegen darauf betroffen und schauten ganz verstohlen zu ihrer Mutter, die sehr ernst aussah.

„So, Kinder, jetzt wisst ihr den Sachverhalt", sagte Kathrin, „aber behaltet es für euch. Es ist gut, dass diese Zeiten vorüber sind, mir fällt es fürchterlich schwer, davon zu erzählen. Vielleicht gelingt es mir, das alles einmal aufzuschreiben, um es zu verarbeiten."

Ab und zu hatte Matti aber auch ein paar frohe Stunden. So war er im ganzen Ort berühmt für seine Silvestertouren. Es war damals üblich, dass man zu Silvester oder Neujahr im Ort herumging und den befreundeten Familien ein gutes neues Jahr wünschte. Matti ging in jedes Haus. Seine Silvestertour musste er über mehrere Tage verteilen, denn überall bekam er einige Schnäpse eingeschenkt. Nach diesen Touren erzählte er uns dann später: „Wenn ich dann merke, dass ich so richtig (schnaps-)selig werde, dann gehe

ich heim, lege mich aufs Ohr und kann herrlich schlafen." So begann Matti jedes Jahr, das ihm meistens
sehr viel Arbeit, wenig Freude, aber viel Verdruss be-
scherte, als ein ganz seliger Mensch.

KAPITEL 22

Die Kommissarin hatte die Telefonnummer der alten Frau Schmitt herausgefunden, die sie bei ihrer Tatortbegehung mit Natascha und Jan auf dem Schlangenweg getroffen hatte. Sie wollte wissen, wann Frau Schmitt Zeit zu einem Gespräch hätte. Diese, kommunikativ und spontan, wie die Kommissarin sie kennengelernt hatte, lud sie schon für den nächsten Nachmittag zum Kaffee zu sich nach Hause ein.

Zunächst einmal wurde sie durch die ganze Wohnung geführt und Frau Schmitt erklärte ihr alle Bilder und Fotos, die sie an den Wänden aufgehängt hatte. Sie erfuhr, dass Frau Schmitt seit ein paar Jahren Witwe war und sich seitdem doch ziemlich einsam fühlte. Ihr Hobby waren ihre Pflanzen, die überall in der Wohnung standen und natürlich vor allem ihr kleines Gartengrundstück, das unmittelbar an den Schlangenpfad angrenzte.

„Wissen Sie, Frau Kommissarin, mein Garten wird durch eine zwei Meter hohe Hecke vom Schlangenweg abgegrenzt. Wer auf dem Schlangenweg daran vorbeigeht, vermutet überhaupt nicht, dass dahinter noch ein kleiner Garten ist. So höre ich immer wieder Gespräche von Leuten, die nicht im Geringsten vermuten, dass jemand sie hören kann."

Frau Schmitt kicherte und verfiel mehr und mehr in ihren heimischen Dialekt: „Sie glauben als net, was ich do zu hören krieg."

„Das klingt interessant. Erzählen Sie doch einmal ein paar Sachen", erkundigte sich die Kommissarin ganz neugierig.

„Na ja, wissen Sie, do sin ja oft so junge verliebte Leit, die de Schlangeweg nuffgehe. Sie glaabe net, wie oft ich im Sommer den Satz: ‚Ich liebe dich' gehört hann."

„Ja, das glaub ich Ihnen, der Weg ist ja auch zu romantisch. Ich kann mir aber auch vorstellen, dass sie nicht nur Liebeserklärungen hören, oder?"

„Nee, do henn Sie schon recht. Manche streite sich oft so, dass fast die Fetze fliege."

„Worum handelt es sich denn dabei?"

„Oh, wisse Sie, des is unerschiedlich. Manche von denne Touristen streite sich darüber, dass er oder sie zu viel Geld im Urlaub ausgegebe hat oder was sie am nächste Dag mache wolle. Annere sin eifersüchtig un sage, dass er oder sie net ständig anneren schee Auge mache solle. Das geht oft so weit, dass sie mitennaner sogar vo Scheidung redde."

„Ach, und Sie können das alles hören, ohne dass man sie sieht?"

„Ha jo, gell, das finne Sie a interessant?"

„Ja, allerdings. Können Sie denn die Leute auch durch ihre Hecke sehen?"

„Nee, leider net, im Sommer is die Heck ganz zugewachse, aber des macht mer nix, denn so könne die anneren mich a net sehe."

„Gibt es denn auch Unterhaltungen, die sie gehört haben in letzter Zeit, die Ihnen merkwürdig vorgekommen sind?"

„Jo, des passiert als a ab und zu. Aber grad wo Sie so frache, da hann ich wirklich vor e paar Woche e Pärche ghört, was sich ordentlich gstritten hot."

„Wissen Sie noch, worum es da ging?"

„Jo, so ganz genau weeß ich des nimmer, denn alles hann ich do net verstanne."

„Das macht nix, erzählen Sie mir doch einfach, was Sie gehört haben."

„Jo, also, da war e Frau, die war scho ganz schee sauer uf de Mann. Sie hot gesacht:

„Wenn du das nicht machst, werde ich deine Papiere an meinen früheren Kollegen geben. Glaub mir, da werde ich eine schöne Summe dafür bekommen."

Darauf erwiderte er: „Wie kommst du denn an meine Unterlagen? Die waren doch eingesperrt in meinem Tresor?"

Darauf sie: „Ich bin doch nicht blöd. Die Nummer hab ich mir schon vor einiger Zeit gemerkt, die hast du ja schließlich unter einem Kennwort auf deinem Handy, das habe ich herausgefunden."

Er: „Du, das finde ich unverschämt, dass du dir einfach meine Unterlagen klaust. Das sind meine Forschungsergebnisse und auch die von meinem Kollegen. Wir haben sie gemeinsam erarbeitet und haben neue Erkenntnisse gewonnen. Wir sind gerade dabei, sie einigen Fachzeitschriften anzubieten und haben vor, sie bei verschiedenen Kongressen vorzustellen."

„Na, wusste ich es doch, dass diese Papiere wertvoll sind. Du kannst sie ja zurückhaben, wenn du meine Bedingungen erfüllst. Du musst nur deiner Frau sagen, dass du dich von ihr scheiden lässt und dann bekommst du sie prompt zurück."

„Wie finde Sie jetzt des, Frau Kommissarin? Is des net ne regelrechte Erpressung?

„Und ob, können Sie sich noch genau daran erinnern, wann Sie das genau gehört haben?"

„Nee, leider net, Frau Kommissarin."

„Wurden denn bei dem Gespräch irgendwelche Namen von Personen genannt?"

„Nee, auch net. Ich kann nur sache, dass des wahrscheinlich ene jüngere Frau gewesen is, wissen Se, von der Stimme her. Wie alt de Mann gewese is, des kann ich jetzt net einschätze.“

„Das ist jetzt für mich eine ganz wichtige Information, Frau Schmitt. Können Sie sich noch daran erinnern, wann Sie das Gespräch gehört haben? War das, bevor Sie den Artikel in der Zeitung über die bewusstlose Frau im Schlangenweg gelesen haben oder danach?“

„Des weeß ich jetz net so genau, lasse Sie mich ämol überleje. Jo, des misst davor gewese sei. Glaabe Sie, dass des mit dem Fall von der bewusstlosen Frau neilich zusammenhänge tut?“

„Ja, das könnte durchaus sein, Frau Schmitt. Jetzt muss ich da nochmals genau nachforschen, aber es kann sein, dass es damit zusammenhängt. Nun muss ich aber wieder zurück an meinen Schreibtisch gehen. Im Moment habe ich noch einige andere ungelöste Fälle zu bearbeiten.“

„Wolle Sie net noch e bissel bleibe un noch e Tass Kaffee drinke?“

„Nein, vielen Dank, jetzt muss ich wirklich gehen.“

„Jo, alla, dann tschüss, Frau Kommissarin. Aber sache Sie mir Bescheid, wenn Sie den Fall do von dere Bewusstlose im Schlangewech gelöst hann.“

Frau Becker versprach dies und ging.

KAPITEL 23

Nach einigen Tagen rief Anne nochmals bei den Mallets an und diesmal hatte sie Glück, denn Yvonne war am Apparat. Sie wusste auch sofort, wer Anne war, denn Jasmin hatte ihr von dieser Freundin schon öfters erzählt.

Anne wollte nun natürlich wissen, wo Jasmin sei und ob sie sie sprechen könne. Yvonne sagte ihr, dass dies nicht möglich sei, da Jasmin noch in Frankreich sei. Jasmin habe auch noch kein neues Handy. Jetzt war Anne natürlich ganz neugierig geworden und wollte Genaueres wissen.

„Weißt du Anne, du musst mir versprechen, dass du keinem erzählst, was ich dir jetzt sage. Jasmin möchte nämlich auf keinen Fall, dass ihr Mann erfährt, wo sie ist und was sie jetzt vorhat. Versprichst du das?"

„Klar, ich bin doch Jasmins Freundin und will nur ihr Bestes. Ich bin sowieso seit einigen Wochen ganz beunruhigt und mache mir Sorgen, wie es ihr geht."

„Ja, das kann ich verstehen. Als Jasmin plötzlich vor ein paar Wochen vor unserer Haustür stand, erging es mir ähnlich. Ich merkte natürlich gleich, dass sie irgendwie traurig und verstört war. Deshalb schlug ich ihr auch vor, eine Bergtour in die Pyrenäen zu machen. Das tat ihr auch gut und ich glaube, dass sie jetzt in Südfrankreich bleiben wird. Bei unserer Rückfahrt haben wir nämlich in einem kleinen Städtchen an der

Küste zufällig eine Buchhändlerin kennengelernt und diese hat ihr dort eine Stelle in ihrem Buchladen angeboten. Im Moment möchte sie nicht nach Hause zurück. Weißt du denn Genaueres über ihren Streit mit Jan, denn mir gegenüber hat sie zwar einige Andeutungen gemacht, aber ich weiß nicht, was genau passiert ist."

Anne musste zugeben, dass sie auch nicht ganz genau wusste, wie Jasmins Beziehung zu ihrem Mann Jan im Moment war. Sie erzählte Yvonne jedoch von dem Vorfall mit der bewusstlosen Frau, Natascha, und dass Jasmin daraufhin die Flucht ergriffen hatte, ohne irgendetwas zu erklären. Sie sagte auch zu Yvonne, dass sie vermute, dass Jasmin diese Bewusstlose gekannt habe und dass sie in irgendeinem Verhältnis zu Jan stehe, aber Genaueres könne sie auch nicht sagen. Die Kommissarin in Heidelberg suche nach Jasmin.

„Was soll ich denn nun machen, Yvonne, wenn die Kommissarin von mir wissen will, wo Jasmin sich befindet?"

„Sag ihr einfach, dass du nichts Genaues weißt und das stimmt ja nun auch, denn ich habe dir ganz bewusst die exakte Adresse nicht verraten. Ich möchte dich auch bitten, keinen direkten Kontakt zu Jasmin zu suchen. Wenn du Fragen hast, ruf mich an und informiere mich bitte auch, wenn du Neues über Jan und diese Natascha erfahren hast. Ach so, eines wollte ich noch wissen, weißt du, ob Jan ein neues Handy hat oder seine Telefonnummer gewechselt hat? Bert, mein Mann, hat die letzten Tage mehrmals versucht, ihn zu kontaktieren, aber dieser Telefonanschluss scheint nicht mehr zu existieren. Er wollte nämlich hier am CERN eine Tagung organisieren zu einem neuen Forschungsgebiet, das die beiden in letzter Zeit zusammen ausgearbeitet hatten. Weißt du etwas davon?"

„Nein, das ist für mich jetzt total neu, aber ich werde mich einmal danach erkundigen. Ich werde dich auf dem Laufenden halten. Ciao.“

KAPITEL 24

Jan saß im Institut an seinem Schreibtisch, aber es gelang ihm nicht, sich auf seine Berechnungen zu konzentrieren. Er war wütend, furchtbar wütend auf sich selbst, aber vor allem auch auf diese Natascha. Hätte er doch damals die Finger von ihr gelassen.

Jetzt war ihm alles auf die Füße gefallen, alles war schief gegangen. Mit dieser raffinierten Schlange wollte er überhaupt nichts mehr zu tun haben. Er hatte sich schon ein neues Handy mit neuer Nummer zugelegt, weil dieses Weib ihn in letzter Zeit ständig angerufen hatte, Tag und Nacht.

Sie setzte ihn unter Druck, denn sie hatte die Forschungspapiere, die er und Bert in der Schweiz ausgearbeitet hatten. Nun sollte in einer Woche dazu eine Tagung am CERN in Genf stattfinden. Er sollte Bert unbedingt kontaktieren und ihm sagen, dass er die Tagung absagen solle, aber wie würde er dann dastehen? Wie sollte er Bert erzählen, dass er die Unterlagen nicht mehr hatte? Sollte er sagen, dass ihre Forschungsergebnisse wahrscheinlich schon an einen osteuropäischen Forscher verkauft worden waren?

Nein, das ging nicht, er musste jetzt die nächsten Tage wirklich Tag und Nacht durcharbeiten, um ihre Forschungen aus seinem Gedächtnis heraus nochmals zu rekonstruieren, schließlich wollte er sich nicht blamieren.

Er müsste auch Natascha anrufen und zumindest zum Schein auf ihre Forderungen eingehen, damit sie die Papiere auf keinen Fall noch vor ihrer Tagung in Genf verkaufen könnte. Er würde ihr also versprechen müssen, dass er sich von Jasmin scheiden lassen würde.

Nun ja, versprechen konnte er das ja nun, denn Jasmin war doch verschwunden. Sie hatte ihn damit verlassen und seitdem keinen Kontakt mehr zu ihm aufgenommen. Eigentlich schade, denn im Prinzip waren sie immer gut miteinander ausgekommen. Vielleicht könnte er ja auch die ganze Scheidungsangelegenheit irgendwann und irgendwie wieder rückgängig machen.

Er griff zum Telefon und wählte Nataschas Nummer. Sie ging sofort an ihr Telefon und schimpfte gleich los, warum er nicht erreichbar sei. Dann spielte sie ihren nächsten Triumpf aus: „Weißt du, wo ich gerade bin?"

„Nein, aber du wirst es mir bestimmt gleich erzählen."

Natascha kicherte höhnisch: „Oh ja, mit Vergnügen. Nachdem ich dich die letzte Zeit nicht erreichen konnte, habe ich Kontakt mit einem früheren Kollegen in Petersburg aufgenommen. Er ist sehr interessiert an euren Forschungen und er hat mir verspochen, mindestens zwanzigtausend Euro dafür zu zahlen. Das wäre es ihm nämlich wert, denn dann käme er euch zuvor mit dieser Veröffentlichung und das würde für ihn eine Beförderung bedeuten. So, mein lieber Jan, was sagst du dazu?"

„Natascha, mach das besser nicht. Es geht ja nicht nur um mich, sondern auch um Bert. Das kann ich ihm nicht antun. Wir haben ein halbes Jahr daran gearbeitet. Das bedeutet für uns auch den Verlust von

Ansehen und natürlich auch von Geld, wenn wir unsere Ergebnisse nicht als erste veröffentlichen können.“

„Genau, so beurteile ich das auch. Du hast noch eine Chance das Ganze abzuwenden, das weißt du ja.“

„Also, du bestehst darauf, dass ich mich von Jasmin scheiden lasse?“

„Genau und noch ein bisschen mehr. Du merkst ja, dass ich im Moment in der Lage bin, noch mehr zu fordern.“

„Also, was noch?“

„Ich verlange von dir denselben Betrag für die Rückgabe deines Forschungsberichts, den der Petersburger Kollege mir geben wollte.“

Jan stöhnte: „Okay, abgemacht, den bekommst du.“

„Das ist noch nicht alles, Jan. Denke bitte an die genauen Umstände im Schlangenweg und unsere Abmachung. Du hast mir damals versprochen, mich zu heiraten. Das verlange ich nun auch und zwar mit einem anständigen Heiratsvertrag, so dass du mich nicht gleich nach der Hochzeit abservieren kannst, ist das klar?“

Jan wollte protestieren, aber was blieb ihm übrig, sie saß am längeren Hebel.

„Okay, Natascha, du hast gewonnen. Aber du musst mir die Forschungsunterlagen umgehend schicken. Ich habe in ein paar Tagen diese Konferenz in der Schweiz und brauche die Papiere dringend.“

„Gut, du bekommst sie, aber erst, wenn ich deine Überweisung über zwanzigtausend auf meinem Konto sehe und wenn du mir in einer E-Mail schriftlich bestätigst, dass du mich heiratest und einen Heiratsvertrag zu meinen Bedingungen unterschreibst.“

Zähneknirschend stimmte Jan dieser Erpressung zu. Er hoffte, irgendwie später einen Ausweg aus dieser unerträglichen Situation zu finden. Aber für ihn war es nun in erster Linie einmal wichtig, seinen guten Ruf als Forscher nicht zu verlieren.

KAPITEL 25

Die Sonne schien schon ganz früh an diesem Sonntagmorgen auf die Bucht von Collioure. Das Meer dahinter war wie in einen rosé-goldenen Schimmer getaucht. Schon ganz früh brachen Jasmin und Nadine, die Buchhändlerin, bei der sie seit zwei Wochen arbeitete, zu einer Wanderung auf.

Sie hatten die letzten Wochen sehr viel gearbeitet. Nadine hatte ihr erklärt, wie ihre Buchhandlung strukturiert war, mit welchen Verlagen sie zusammenarbeitete, wie die Abrechnungen gemacht wurden und so weiter. Jasmin hatte einige Änderungen vorgeschlagen, so wollte sie zum Beispiel auch eine neue Homepage gestalten und in den Online-Handel einsteigen. Während ihrer gemeinsamen Arbeit hatten sie gemerkt, dass sie zusammen harmonierten und dass eine dauerhafte Kooperation durchaus klappen würde.

Nadine hatte quasi als Belohnung für die fleißige und gute Zusammenarbeit vorgeschlagen, dass sie Jasmin nun ihren neuen Wohnort einmal ausführlich vorstellen wollte, denn sie hatte außer der schönen Badebucht und ein paar Geschäften noch nicht allzu viel von Collioure erfahren.

„Heute gehen wir zunächst einmal auf den ‚Chemin des Fauves', von dort aus haben wir immer wieder einen anderen schönen Blick auf Collioure", meinte Nadine.

‚Chemin des fauves', der ‚Weg der wilden Tiere', das klingt ja ziemlich verwegen."

Nadine lachte: „Nein, ganz so zoologisch ist das nicht gemeint, eher künstlerisch. Schau, wir sind hier gerade in der Rue de la Prud Homie, hier bezog 1905 der Maler Henri Matisse eine Wohnung, da er fasziniert war von dieser hellen, oft gleißenden Sonne des Midi, welche die Farben der Landschaft und des Meeres besonders zur Geltung bringt. Hier entwickelte er einen eigenen Malstil, den Fauvismus und da er sich zunächst als Maler etwas einsam fühlte, sammelte er eine Gruppe französischer Maler um sich, die man später als die Fauvisten bezeichnete.

Zu diesen Malerkollegen zählten, unter anderen, zum Beispiel Georges Braque, Dérain und auch Picasso. Sie wollten sich von dem alten realistischen Malstil ihrer Vorgänger lösen und orientierten sich an der Kunst außereuropäischer Völker, die auch schon die Malerei von Paul Gauguin beeinflusst hatten.

Ein Vorbild war auch Vincent van Gogh mit seinem sehr eigenwilligen Pinselstrich. Ihr Bestreben war es, Formen zu vereinfachen und sehr ausdruckstarke, oft grell wirkende Farben zu verwenden.

Schau einmal hier nach rechts, da siehst du die alte Restaurantbar ‚Les Templiers', das war der Treffpunkt der Fauvisten. Der damalige Besitzer, René Pous, war dafür bekannt, dass er als Bezahlung seiner Rechnungen die Bilder der Künstler akzeptierte und so kamen circa 3000 Bilder zusammen, die noch heute, natürlich nicht als Originale, sondern als Kopien in den Gaststuben und Gästezimmern des Wirtshauses hängen. Das Restaurant wurde so zu einer reinen Gemäldegalerie.

So und jetzt gehen wir hier die Anhöhe hinauf zum ‚Chemin des Fauves". Dort findet man an 20 Stationen Reproduktionen der Gemälde der Fauvisten, welche die jeweilige Ansicht, die man von dort hat, darstellen. Du wirst sehen, jeder Künstler stellt diese Ausblicke auf Collioure oder das Meer immer etwas anders dar, je nachdem zu welcher Tageszeit das Bild entstand oder in welcher emotionalen Verfassung er gerade war. Die Emotionen waren den Fauvisten viel wichtiger als das konkrete Darstellen der jeweiligen Gegenstände.“

So marschierten die beiden Frauen den Chemin des Fauves entlang und bestaunten immer wieder die Aussicht von dort und verglichen sie mit den jeweiligen Bildern der Künstler.

Auf diese Weise lernte Jasmin an diesem Tag ihren jetzigen Wohnort recht genau kennen.

Ein beliebtes Motiv war die Wehrkirche ‚Notre Dame des Anges‘, die mit ihrem ungewöhnlichen Glockenturm weit ins Meer hineinragte. Dieser Turm war früher ein Leuchtturm gewesen.

Ein anderes Motiv war die Königsburg von Collioure, die bis heute noch dem Militär gehört. Sie war sehr beeindruckend mit ihren unterirdischen Gängen, dem Exerzierplatz, einer Kapelle aus dem dreizehnten Jahrhundert und einem Schlafzimmer der Königin, wie Nadine erzählte. Die Königsburg war nämlich in früheren Zeiten die Sommerresidenz der Könige von Mallorca.

Während ihrer Promenade stieg die Sonne immer höher und nach einigen Stunden der Besichtigung waren die beiden Frauen sehr müde geworden.

„Komm, jetzt gehen wir zum Strand, wir haben ja unsere Badesachen dabei und dann schwimmen wir bis ans Ende der Bucht, später sonnen wir uns und anschließend lade ich dich in eines der kleinen Fischrestaurants zum Essen ein. Wie findest du das?“

„D’accord, einverstanden“.

Es wurde ein wunderschöner Strandtag und gegen Abend gingen sie dann in ein Restaurant in dem alten Fischerviertel ‚Le Mouré‘, wo Nadine Jasmin erklärte, dass sie auch unbedingt die ‚Anchois de Collioure‘ probieren müsse.

„ Diese Sardellen werden seit Jahrhunderten im Meer vor Collioure gefischt und sie sind zu einer berühmten Spezialität des Ortes geworden“, erklärte Nadine.

Sie empfahl Jasmin zum Dessert, das aus einer Mousse au chocolat mit frischen Früchten bestand, auch einen berühmten Wein aus der Gegend, den Banyuls.

Es wurde schon dunkel, als die beiden das Restaurant ganz beschwingt verließen. Die Orangenbäume und der Lavendel dufteten und rochen besser als jedes noch so teure künstliche Parfum.

Jasmin hatte den Eindruck, dass es sich hier durchaus leben ließ.

KAPITEL 26

Als Anne an einem der nächsten Tage ihre E-Mails öffnete, war sie sehr erstaunt, eine Mail von Jasmin zu finden.

Hallo, Anne,

entschuldige, dass ich so lange nichts von mir hören ließ, aber weißt du, irgendwie war mir alles verrutscht, alle gewohnten Perspektiven hatten sich für mich verschoben. Teilweise zweifelte ich an mir selbst und meinen Wahrnehmungen.

*Es begann damit, dass vor einigen Monaten mein Handy immer wieder zu den unterschiedlichsten Zeiten läutete und wenn ich mich meldete, wurde einfach aufgelegt. Zunächst hielt ich das Ganze für einen Dumme-Junge-Streich. Nach einiger Zeit wurde aber nicht mehr aufgelegt, sondern jemand lachte recht höhnisch und herausfordernd am Telefon. Auf meine Aufforderung, dass der/die Anrufer*in sich melden solle, wurde dann nur noch blöde gekichert.*

Ich wandte mich an die Polizei, die mir rieten, eine Fangschaltung zu machen. Allerdings konnte man nichts Genaues feststellen, da die Anrufe immer wieder von anderen Handys mit Prepaid-Karten kamen. Dann kamen eine Woche keine Anrufe, aber dann begann das Ganze wieder von vorn. Diesmal zeigten sie ein gewisses Schema auf, denn immer, wenn mein Mann auf einer Auslandsreise war, wurde ich unzählige Male am Tag, aber auch in der Nacht angerufen. Immer wieder fragte eine, meiner Meinung nach, sehr verzerrte Stimme: „Wissen Sie, was Ihr Mann gerade macht?"

Ich konfrontierte Jan mit diesen Anrufen, ob er wisse, wer das sei.

Jan fühlte sich natürlich gleich angegriffen und wurde patzig:

„Woher soll ich denn das wissen?"

„Steckt dahinter eine deiner Businessdamen? Du weißt, dass wir versprochen hatten, dass wir tolerant zueinander sind, aber das geht zu weit. Wenn irgendetwas los ist, sollten wir darüber reden. Du weißt, dass ich es hasse, wenn man mich im Ungewissen lässt."

„So hysterisch kenne ich dich ja gar nicht, bis jetzt warst du noch nie so."

„Jan, das ist Telefonterror. Das ist nicht normal, was da abläuft. Ich habe einige Anrufe gespeichert, hör dir das einmal an."

Jan nahm das Handy und zuckte aber ebenfalls zusammen, als er ein höhnisches Gelächter hörte.

„Das ist Stalking und ich werde geeignete Mittel finden, das zu unterbinden. Hast du eine Vermutung, wer das sein könnte? Könnte es eine deiner Kolleginnen sein? Gibt es da irgendeine Affäre? Du weißt, dass wir uns versprochen hatten, uns nicht zu belügen.

Ich werde dir auch keine Szene machen, wenn du jetzt sagst, dass unsere Ehe am Ende ist. Dann ist es so und du weißt genau, dass ich auch alleine auf eigenen Beinen stehen kann."

Jan bestritt alles und du kannst dir vorstellen, dass das Klima zwischen uns in der nächsten Zeit nicht gerade rosig war. Jeder zog sich in seine Arbeit zurück und in der Freizeit ging auch jeder seinen eigenen Weg.

Ab und zu gingen wir noch gemeinsam ins Theater oder zu Einladungen von Kollegen oder Kolleginnen.

Ich glaube, nach außen hin haben die Leute uns nichts angemerkt. Die anonymen Anrufe wurden weniger, aber verstärkten sich immer wieder während Jans Auslandsreisen. Dann hörte ich einige Wochen gar nichts.

Aber eines Tages kam wieder einer dieser Anrufe und ich wollte gerade auflegen, als eine Frauenstimme sagte:

„Okay, Schluss mit der Scharade, kann ich mit Ihnen vielleicht vernünftig reden?"

„Gegen Vernunft habe ich noch nie etwas gehabt. Was wollen Sie?"

„Gut, dann kommen wir gleich einmal auf den Punkt. Ich will Ihren Mann."

Jasmin schluckte erst einmal bei dieser Antwort, wollte dann aber wissen: „Warum? Wer sind Sie? Warum sagen Sie mir das in einer solch rüden und platten Manier?"

Auf der anderen Seite erklang wieder das gewohnte höhnische Lachen:

„Können Sie sich das nicht denken? Ich will Ihren Mann und ich kriege ihn auch. Ich bekomme immer, was ich will."

„Schön für Sie, haben Sie denn auch meinen Mann gefragt oder spielt das keine Rolle?"

„Ihren Mann habe ich nicht gefragt, sondern ich habe Fakten geschaffen. Haben Sie denn nicht gemerkt, dass er kaum noch bei Ihnen zu Hause ist? Sie scheinen ja mehr mit Ihren Bergen verheiratet zu sein als mit Jan, Sie Bergziege."

„Auf dieses Niveau lasse ich mich nicht ein. Klären Sie erst einmal die Situation mit Jan. Wenn sie beide dann übereingekommen sind, dass Sie mir etwas zu sagen haben, dann vereinbaren wir einen gemeinsamen Gesprächstermin, wie das unter zivilisierten Menschen üblich ist."

So, Anne, jetzt weißt du, wie es um unsere Beziehung stand. Jan hatte noch nicht einmal den Mut gehabt, mir etwas von einer anderen Beziehung zu erzählen. Stattdessen duldete er wohl den Telefonterror dieser dubiosen Dame.

Ich überlegte mir schon damals, nach diesem Anruf, ob ich nicht einfach weggehen solle.

Ich denke, dass du das auch verstehen kannst. Es kam aber dann noch alles viel verworrener.

Ich stellte Jan natürlich zur Rede und er gab diese Affäre zu, entschuldigte sich aber für den Telefonterror seiner Freundin, von dem er nichts gewusst habe. Er erklärte mir, dass er sich nicht trennen wolle, sondern dass er irgendwie in diese Affäre hineingeschlittert sei. Diese Natascha gehe ihm aber schon eine Weile auf den Geist und er wolle sich von ihr trennen.

Ich fühlte mich wie in einem falschen Film, denn das waren so die üblichen Entschuldigungen, wenn man sich ertappt fühlt.

„So und wie soll das nun weitergehen?", wollte ich von ihm wissen.

„Ich verspreche dir, dass ich diese Sache in unserem Sinne regeln werde. Ich will keine Trennung, darauf kannst du dich verlassen. Ich will diese Klette ein für alle Mal loswerden. Gib uns eine Chance."

Bisher hatte ich Jan immer als verlässlich erlebt, jeder konnte einmal einen Irrweg einschlagen und für das Verhalten seiner Freundin konnte er nichts. Ich beschloss also, ihm oder vielmehr uns, diese Chance einzuräumen.

Ich dachte, ich muss dir das einmal erklären, damit du mein Verhalten in der letzten Zeit verstehen kannst.

Hier in Südfrankreich, in meiner Buchhandlung bei Nadine, fühle ich mich sehr wohl. Die Arbeit mit Büchern hat mir ja immer schon Spaß gemacht und ich kann mir sehr gut vorstellen, eine ganze Weile hier zu bleiben und eventuell das Geschäft von Nadine irgendwann zu übernehmen. Ich melde mich bald wieder.

A bientôt, Jasmin

KAPITEL 27

Der Kommissarin schwirrte der Kopf. Sie war seit mehreren Stunden dabei, die Personenlisten, die Jan ihr gegeben hatte, durchzugehen und die einzelnen Leute anzurufen. Bisher hatte sie noch nichts herausgefunden.

Die meisten Bekannten von Jasmin, die sie telefonisch erreicht hatte, wussten noch gar nicht, dass sie verschwunden war. Die Kommissarin drückte sich am Telefon auch anders aus, denn sie sagte nicht, dass Jasmin Justin ‚verschwunden' sei, sondern dass sie vermisst würde. Sie wollte alles versuchen, um nicht zu viel Aufsehen zu erregen. Schließlich wollte sie Jasmin Justin nicht verdächtig machen oder kriminalisieren.

Trotzdem waren die Neugierde und die Aufregung bei den meisten groß, wenn sie hörten, dass Jasmin vermisst würde. Jeder wollte wissen, was denn passiert sei.

Eine Arbeitskollegin von Jasmin fragte rundheraus: „Gell, da gab es eine Entführung? Ich habe der Jasmin immer gesagt, dass sie aufpassen soll, denn sie war ja so oft allein in ihrem Haus. Der Mann war ja häufig weg auf irgendwelchen Auslandsreisen. Ich weiß gar nicht, ob sie eine Sicherheitsanlage hatte."

Frau Becker konnte die Dame beruhigen: „Nein, eine Entführung war es nicht und die Sicherheitsanlage hat auch funktioniert. Vielleicht ist sie ja auch nur für ein paar Tage verreist."

Bevor noch andere neugierige Fragen kamen, legte sie schnell auf.

Eine andere Bekannte Jasmins, die mit ihr im Sportverein war, war ganz bestürzt, als sie von Jasmins Verschwinden erfuhr.

„Ich habe es ja geahnt, das konnte auf Dauer nicht gut gehen. In letzter Zeit war Jasmin fürchterlich nervös und erschrak bei jedem Klingeln ihres Handys. Ich habe sie ein paar Mal gefragt, ob ich ihr helfen könne, ob sie mit mir reden wolle. Aber sie lehnte dann immer freundlich, aber sehr bestimmt, ab. Wurde sie erpresst? Oder gab es irgendwas mit ihrem Mann, denn der hat sie ja ganz schön vernachlässigt. Die meiste Zeit war der Herr auf irgendwelchen Auslandsreisen, manchmal sogar einige Wochen. Ich hätte mir das nicht bieten lassen, das habe ich ihr auch öfters gesagt, aber sie hat ihn immer in Schutz genommen. Das konnte ich absolut nicht verstehen, denn ich fand ihn arrogant und unsympathisch.“

Die Kommissarin musste sich mehrere solcher Stellungnahmen anhören, ohne dass sie verwertbare Informationen über Jasmin herausbekommen hätte. Nur eine der Bekannten meinte ganz beiläufig am Schluss: „Wissen Sie, ich wundere mich nur, dass seit einiger Zeit der Wagen von Jasmin hier auf dem Parkplatz vom Supermarkt steht. Ich wollte sie schon seit einer Weile anrufen, um mich zu erkundigen, ob sie eine Panne hatte. Irgendwie kam ich aber nicht dazu, Sie wissen ja, immer dieser Alltagsstress und dann weiß ich auch, dass Jasmin die meisten Strecken mit ihrem Rad fährt oder joggt und dass sie deswegen ihr Auto oft stehen lässt.“

Gut, zumindest war jetzt dieser Punkt geklärt, das Auto hatte die Kommissarin damit gefunden.

Sie überlegte, wenn das Auto dort schon eine ganze Weile auf dem Parkplatz stand, konnte sie davon ausgehen, dass Jasmin entweder mit dem Zug oder mit dem Flugzeug verschwunden war.

Sie schaute sich die Listen nochmals an und sah nun einige Schweizer Adressen, die hatte sie sich bis zum Schluss aufgespart und sie hoffte, dass die Leute Deutsch sprechen konnten, denn ihr Englisch oder Französisch war im Laufe der Jahre recht lückenhaft geworden. Sie wollte es einfach einmal probieren, wenn es nicht klappte, musste sie sich eine Dolmetscherin zu Hilfe holen.

Sie hatte jedoch Glück. Als sie die Nummer eines Bert Mallet in Genf gewählt hatte, meldete sich eine Frau, die Deutsch konnte.

Sie erzählte wieder ihren Standardspruch wie immer: „Guten Tag, hier spricht Kommissarin Becker von der Kriminalpolizei Heidelberg. Ich möchte nur wissen, ob Sie Jasmin Justin kennen."

Zunächst war ihr Gegenüber sehr ruhig, sie dachte schon, dass die Verbindung gestört sei, aber dann kam ein zögerliches: „Ja."

„Haben Sie denn Jasmin vielleicht in letzter Zeit gesehen oder mit ihr Kontakt gehabt?"

Wieder kam ein leises: „Ja".

„Können Sie mir denn ein bisschen mehr darüber erzählen oder sprechen Sie überwiegend nur französisch, soll ich eine Dolmetscherin holen?"

„Nein, das geht schon, ich bin im deutschsprachigen Teil der Schweiz aufgewachsen, ich verstehe Deutsch und kann es auch einigermaßen sprechen."

„Prima, dann erzählen Sie mir doch einmal, was Sie von Jasmin wissen."

„Jasmin ist die Frau eines Kollegen meines Mannes. Wir sind beide im Alpenverein und gehen ab und zu miteinander in die Berge. Erst kürzlich waren wir zusammen unterwegs.“

„Interessant, wo waren Sie denn?“

Yvonne erzählte von ihrer gemeinsamen Bergtour in den Pyrenäen.

„Können Sie mir denn jetzt bitte auch sagen, wo ich Jasmin finden kann? Ich muss sie nämlich dringend sprechen.“

„Ist denn etwas passiert, ist irgendwas mit ihrem Mann?“

„Nein, nein, kein Grund zur Besorgnis. Es ist nur so, dass Frau Justin plötzlich verschwunden ist. Ihre Freundinnen und ihr Mann machen sich Sorgen um sie, deshalb rufe ich an.“

„Ach so, es ist also kein Notfall. Ja, also ich kann Ihnen sagen, dass wir uns auf der Rückfahrt von den Pyrenäen in Südfrankreich an der Küste getrennt haben. Da Jasmin diese Gegend nicht kannte, wollte sie einige Zeit noch dort unten bleiben. Sie fotografiert gerne und sie hatte vor, einen ausführlichen Reiseführer über diese Gegend zu gestalten.“

„Können Sie mir vielleicht sagen, an welchem Ort sich ihre Wege denn genau getrennt haben?“

„Also, das war gleich hinter der spanischen Grenze, aber so genau kann ich mich jetzt nicht mehr an den Namen des Ortes erinnern.“

„Können Sie mir denn die Handynummer von Jasmin geben?“

„Leider nein, sie wollte sich erst am nächsten Tag ein neues Prepaid-Handy in Frankreich besorgen. Sie hatte ihres wohl in Deutschland vergessen und während unserer Pyrenäentour hatten wir ja mein Handy dabei. Sie hat sich seitdem aber auch noch nicht bei mir gemeldet. Das kommt bei ihr aber häufig vor, wenn sie als Rucksacktouristin eine neue Route entdeckt oder ausarbeitet, vergisst sie alles andere."

Gut, jetzt hatte die Kommissarin eine Spur. Sie würde die französischen Kollegen in Südfrankreich informieren und ihnen eine Personenbeschreibung von Jasmin geben und diese sollten auch an alle Hotels und Pensionen dort eine Personenfahndung herausgeben. Sie schätzte, dass sie sie bald finden würden. Nur, würde das ihren Fall lösen? Was konnte sie ihr vorwerfen? Sie überlegte nochmals, welche Personen in diesem Fall eine Rolle spielten.

Diese Bärbel, die Freundin von Anne, die müsste sie auch noch dringend sprechen. Sie suchte in ihren Unterlagen nach der Festnetznummer, aber dort meldete sich niemand. Irgendwie erinnerte sie sich auch dunkel daran, dass Anne etwas von einem Auslandsaufenthalt ihrer Freundin gesagt hatte.

Sie rief Anne an und erkundigte sich, wie sie ihre Freundin Bärbel am besten erreichen könne. Anne erklärte ihr, dass Bärbel sich jetzt schon seit mehreren Wochen in Brasilien aufhalte und telefonisch schwer zu erreichen sei. Sie halte den Kontakt zu ihrer Freundin meistens über E-Mails und sie könne ihr ihre E-Mail-Adresse geben.

„Wissen Sie denn, ob Bärbel Kontakt zu Jasmin hat?", wollte die Kommissarin wissen.

„Also, das weiß ich ganz genau, Bärbel hat keinen Kontakt zu Jasmin, denn sie will immer von mir wissen, ob ich Neues von ihr erfahren habe."

„Und haben Sie das?", fragte die Kommissarin recht forsch.

„Ich kann sie nicht kontaktieren, denn, wie Sie ja wissen, hat sie ihr altes Handy nicht mehr und eine neue Nummer von ihr habe ich nicht. Ich mache mir Sorgen um sie."

Anne wollte natürlich nicht erzählen, was sie von Yvonne erfahren hatte. Sie wollte doch Jasmin vor diesen polizeilichen Ermittlungen schützen.

„Gut, dann kann ich Ihnen jetzt ein bisschen etwas erzählen, was ich herausgefunden habe."

Sie erzählte Anne von ihrem Telefonat mit Yvonne Mallet und dass sie erfahren habe, dass Jasmin in Südfrankreich in der Nähe der spanischen Grenze unterwegs sei.

„Ich habe noch eine Frage an Sie. Haben Sie eigentlich Natascha Wollin schon vor ihrer Verletzung auf dem Schlangenweg gekannt oder hatte Jasmin Ihnen von ihr schon etwas erzählt?"

„Nein, ich habe diese Frau erst kennengelernt, als ich sie bewusstlos auf dem Schlangenweg liegen sah. Ja und dann habe ich sie in der Reha-Klinik besucht, aber das wissen Sie doch, das habe ich Ihnen doch damals erzählt. Nur muss ich sagen, dass ich ihr nicht so recht traue und dass ich den Eindruck hatte, dass sie sich an den Unfall besser erinnern konnte als sie vorgab."

Die Kommissarin meinte, dass sie auch dieses Gefühl habe und fügte dann aber auch noch hinzu: „Wissen Sie, ich habe auch bei Ihnen immer das Gefühl, dass Sie mir nicht alles sagen. Kann das stimmen?"

Anne war etwas verblüfft und sagte zunächst nichts darauf. Sie überlegte kurz und war der Meinung, nun, nachdem die Kommissarin mit Yvonne gesprochen hatte, könne sie ihr auch von Jasmins E-Mail berichten.

„Nun ja gut, stimmt, ich habe Ihnen noch nicht alles gesagt. Sehr viel mehr als Sie weiß ich auch nicht, aber ich habe vorgestern eine Mail von Jasmin bekommen, die ich Ihnen auch zeigen kann. Ich war verblüfft, was Jasmin mir darin berichtet hat. Wussten Sie, dass sie lange Zeit von Telefonterror bedroht war?"

„Erzählen Sie, das ist jetzt wirklich eine neue Information und könnte für diesen Fall von Bedeutung sein.“

Anne fasste dann kurz zusammen, was Jasmin ihr darüber erzählt hatte.

„Unfassbar, das ist doch reinster Psychoterror. Hat ihre Freundin denn nichts dagegen unternommen?“

„Doch, aber da sie ja zunächst nicht wusste, wer dahintersteckte und die Telefonate immer von verschiedenen Prepaid- Nummern kamen, konnte man ihr nicht helfen.“

„Aha, und was hat sich dann am Schluss herausgestellt? War es unsere ‚liebe‘ Natascha Wollin? Das würde in das Bild passen, das ich mir von ihr gemacht habe.“

„Ja, genau so war es. Wie finden Sie denn das? Ist das nicht eine Straftat?“

„Allerdings, das ist eine Art Stalking und damit verboten. Wissen Sie, ich habe auch noch andere Zeugenaussagen zu diesem Fall und Ihre Aussage passt genau zu dem, was ich bis jetzt weiß. Ich werde Frau Wollin nochmals vorladen lassen, denn nun habe ich doch noch einige Fragen an sie. Meiner Meinung nach spielt aber auch Jan Justin eine Rolle in diesem dubiosen Fall. Allmählich bin ich selbst sehr gespannt, welche Puzzleteile sich noch ergeben.

Vielen Dank für Ihre Aussage und Auf Wiedersehen.“

KAPITEL 28

Auf dem Nachhauseweg ärgerte Anne sich über sich selbst. Hatte sie der Kommissarin vielleicht zu viel verraten über Jasmin? Andererseits wusste diese allerdings schon durch ihr Telefongespräch mit Yvonne, dass Jasmin in Südfrankreich war. Sie würde ihren Aufenthaltsort bestimmt bald herausgefunden haben. Im Übrigen glaubte Anne, dass dieser Telefonterror eigentlich nicht ihrer Freundin schaden könne, sondern eher dieser Natascha. Nun ja, man würde sehen.

Zu Hause setzte sie sich gleich an ihren PC, denn das musste sie jetzt einmal alles ihrer Freundin Bärbel mailen.

Sie berichtete ihr von dem Gespräch mit der Kommissarin, aber auch das, was Jasmin ihr über den Telefonterror von Natascha erzählt hatte. Schon am Abend war eine Antwort-Mail von Bärbel da.

Hallo, Anne,

das sind ja pikante Neuigkeiten. Weißt du, was mir zu denken gibt?

Warum hat Jasmin uns gegenüber nie etwas von diesem Telefonterror erzählt? Ich dachte, dass wir doch soweit befreundet sind, dass sie uns das hätte anvertrauen können, meinst du nicht?

Allerdings, wenn ich es so recht bedenke, hatte sie mir am Telefon, als sie uns zu diesem Nachmittagskaffee eingeladen hatte, eine Andeutung gemacht.

Sie hatte gesagt, sie müsse etwas Wichtiges mit uns besprechen. Vielleicht ging es ja darum, dass sie unsere Meinung zu dieser Affäre ihres Mannes hören wollte.

Ja, Beziehungsaffären füllen viele Romane und Dramen, ohne diese menschlichen Beziehungen und Verwicklungen hätte es viele große Werke unserer Literatur nicht gegeben.

Bisher war ich immer der Meinung, dass es besser ist, wenn man sich nicht allzu sehr in irgendwelche emotionalen Abhängigkeiten begibt, dann kommt man auch nicht in die Gefahr, ein großes Drama zu erleben. Aus diesem Grund habe ich auch nicht geheiratet.

Weißt du, dass ich mich einmal auf ein emotionales Abenteuer soweit eingelassen hatte, dass wir schon alles für eine Hochzeit vorbereitet hatten, sogar die Einladungen waren schon gedruckt. Aber dann wurde mir das alles zu heiß und ich blies alles ab. Mein damaliger Verlobter ist übrigens heute ein glücklicher Familienvater und ich habe mich bisher eigentlich auch nie unglücklich gefühlt.

So und jetzt stell dir einmal vor, dass ich gerade in der letzten Zeit in eine solche Beziehungsfalle getappt bin. Ich habe mich in die ironischen Bemerkungen und Witze dieses Yves Mallet verliebt. Doof, nicht wahr? Wie kann eine Frau mit meinen Ansichten so scheitern?

Nun ja, es ist passiert und wir beide haben eine Liaison und sind sogar glücklich dabei.

Weißt du was? Wir überlegen sogar, ob wir nicht zusammenziehen sollen. So, und genau da beginnen natürlich schon wieder die Schwierigkeiten.

Yves ist wegen des Computergeschäfts und seiner zeitweisen Mitarbeit beim CERN eigentlich nicht abkömmlich von Genf und mein Lebensmittelpunkt ist Heidelberg, wo ich meine Freundinnen und meine Arbeitsstelle habe.

Ich habe Yves schon vorgeschlagen, dass jeder in seinem Umfeld bleibt und wir eine Wochenendbeziehung eingehen, aber das möchte er eigentlich nicht. Wahrscheinlich ist er dazu doch zu sehr ein traditionell gebundener Schweizer und er meinte auch zu mir, er sei in dieser Hinsicht ein ‚gebranntes Kind‘, denn in seiner zweiten Ehe musste er immer seiner Frau zu ihren diversen Modeschauen hinterher reisen und das mag er nun nicht mehr.

Ja, Anne, da haben wir jetzt schon das erste Dilemma. Wie sollen wir das lösen?

Yves hat mir schon vorgeschlagen, dass ich doch zu ihm nach Genf kommen und mich bei einer der zahlreichen internationalen

Menschenrechtsorganisationen, die dort ihren Sitz haben, bewerben solle. Er schlug mir vor, es bei der UNICEF zu versuchen. Das klingt in meinen Ohren gar nicht mal so schlecht, denn nach so vielen Jahren im Lehrberuf würde mir eine berufliche Veränderung sogar gefallen.

Was denkst du dazu? Wir Freundinnen könnten uns ja doch immer wieder einmal treffen und Genf bietet auch viele kulturelle Angebote. Vielleicht wäre das doch eine Bereicherung für unser Kleeblatt, für dich, Jasmin und mich.

Ich hoffe doch, dass Jasmin bald aus ihrer für sie desolaten Situation herauskommt. Vielleicht gelingt ihr ja ein Neustart in Südfrankreich, dann wäre Genf sowieso für euch beide die Mitte der Entfernung und ich würde mich so freuen, wenn wir uns dort am ‚Lac Léman‘, am Genfer See, in einer angenehmen Atmosphäre treffen könnten.

Ich weiß, dass du jetzt bei dir denkst, diese Traumtänzerin, erst lästert sie ständig gegen Männer und jetzt macht sie eine totale Kehrtwendung. Aber, liebe Anne, das Leben verläuft nicht immer eingleisig und die Hoffnung stirbt ja bekanntlich zuletzt.

Adiós, Bärbel

KAPITEL 29

Am nächsten Abend, als Anne nach Hause kam, setzte sie sich gleich nochmals an den Laptop. Sie musste Jasmin doch informieren, was Bärbel in Brasilien so alles angestellt hatte. Ihre Bärbel war doch bisher immer eine eingefleischte Feministin gewesen. Häufig hatten Jasmin und Anne sich köstlich amüsiert, wenn sie wieder einmal einen Kommentar über einen der Herren der Schöpfung abgegeben hatte:

„Als Gott den Mann schuf, da übte er bloß", war noch einer ihrer zahmeren Sprüche.

Einen Kollegen hatte sie besonders auf dem Kicker: „Ulli ist wirklich wieder einmal schwer krank, alle machen sich Sorgen um ihn. Ja, diesmal ist es sehr ernst - er hat doch, stellt euch das einmal vor – einen veritablen Schnupfen."

Ihren Chef hatte sie auch ins Herz geschlossen: „Heute hat der Chef festgestellt - man höre und staune - dass die Zahl ‚eins' wirklich eine magische Zahl sei, denn wenn wir mehrere Stunden gearbeitet hätten, falle die ‚eine' Überstunde doch gar nicht ins Gewicht, schließlich sei die ‚eins' ja schon in den anderen Zahlen enthalten. That's magic."

So und diese Bärbel sollte jetzt von ihrem Glauben an den Feminismus abgefallen sein? Daran müssten sie sich als Freundinnen noch gewöhnen.

Ihr Auserkorener, Yves, musste ja wohl ein brillanter Vertreter seines Geschlechts sein, dass er eine solche Sinneswandlung bewirken konnte. Anne war gespannt darauf, ihn bald einmal kennen zu lernen. Jasmin kannte ihn ja schon, deshalb wollte sie von ihr wissen, wie sie ihn denn beurteile.

Anne erzählte ihr von ihrem letzten Gespräch mit der Kommissarin, und dass diese in Südfrankreich nach ihr fahnden ließ. Sie gestand ihr auch, dass sie der Kommissarin von Nataschas Telefonterror erzählt hatte. Ihrer Meinung nach hatte Frau Becker noch andere Verdachtsmomente gegen Natascha, aber darüber hatte sie ihr nichts Genaues gesagt. Sie wusste nur, dass sie Natascha nochmals vorladen wollte.

„Weißt du, Jasmin, ich glaube, du bist aus dem unmittelbaren Schussfeld der Kommissarin heraus und Natascha und Jan geraten immer mehr in ihr Visier. Allerdings will sie dich natürlich auch noch vernehmen, denn sie braucht dringend deine Darstellung des Falles. Ich würde dir also raten, dich bei der Kommissarin zu melden und mit ihr zu kooperieren. Dann bist du bald ganz aus dem Fall heraus und kannst frei entscheiden, wie es weitergehen soll. Was meinst du dazu?"

Noch am selben Abend kam eine Antwort-Mail von Jasmin.

Hallo, Anne,

danke für deine Mail. Im Prinzip beurteile ich die Situation genauso wie du, ich sollte mich ganz schnell mit dem Kommissariat in Verbindung setzen.

Aber da gibt es ein paar Ungereimtheiten und ich fürchte, dass die Polizistin dies zu meinen Ungunsten auslegen könnte.

Ich kann mir jetzt schon dein Stirnrunzeln vorstellen und deine Gedanken: Ist Jasmin doch schuldig? War sie damals deshalb so schnell verschwunden und hat sich ins Ausland abgesetzt?

Ja, ich glaube, dass einem bei der nüchternen Betrachtung der Sachlage diese Gedanken zwangsläufig durch den Kopf gehen.

Anne, deshalb habe ich das, was ich dir jetzt mitteilen werde, noch niemandem gesagt. Ich bitte dich, als meine Freundin, dies für dich zu behalten und gleichzeitig möchte ich deinen Rat.

Gehen wir noch einmal zurück zu diesem Frühsommertag, als man die bewusstlose Frau auf dem Schlangenweg fand. Wie du weißt, hatte ich zugesagt, dass ich mich mit Jan und Natascha an diesem Abend im ‚Anker‘ zum Abendessen treffen wollte. Wir wollten uns über die nun bestehende Dreiecks-Situation einmal unterhalten.

Ich hatte euch für diesen Nachmittag zum Kaffee eingeladen, weil ich unbedingt mit euch vorher darüber reden wollte und wissen wollte, was ihr mir ratet.

Ich hatte schon den Tisch gedeckt und Kuchen und Obst vorbereitet, als das Telefon läutete. Jan war am Apparat und sagte, dass er eine Bitte habe. Natascha habe ihn vorhin angerufen und ihn gebeten, dass sie mich doch schon jetzt vorab treffen wolle, um die Situation erst einmal unter uns Frauen zu besprechen.

Sie gehe gerade den Schlangenweg hoch, ob ich ihr nicht entgegenkommen könnte, denn bei einem gemeinsamen Spaziergang könne man Probleme vielleicht besser besprechen.

Diese Bitte passte mir zwar nicht so ganz in mein Konzept, da ihr beide ja bald zu mir kommen wolltet, aber gut, ich ging darauf ein.

Ich ging also den Philosophenweg hoch und bog dann dort oben in den Schlangenweg ein, der ziemlich steil bergab geht. Zwei Jungs kamen mir eilig entgegen und ich dachte, es seien Jogger, wie man sie hier häufig antrifft.

Dann plötzlich sah ich eine Gestalt einige Meter vor mir auf dem Boden liegen. Ich ging näher, aber was war das? Da lag diese Natascha vor mir, die Augen geschlossen, Blut auf der Stirn und ganz bewegungslos. Ich war erschrocken und wollte mich gerade über sie beugen, als ich von unten Schritte hörte. Darauf bekam ich Panik und lief, so schnell ich konnte, nach oben. Ich wollte nicht, dass man mich mit ihr sah.

Natürlich würde man mich für die Schuldige halten, sobald man die Hintergründe unserer Beziehung aufgedeckt hätte. Jeder würde das so beurteilen, darüber war ich mir im Klaren. Ich hatte nichts getan, ich war unschuldig und in diese Rolle der angeblichen Täterin wollte ich nicht hineingeraten

Als ich keuchend oben auf dem Philosophenweg ankam, kam mir mein Verhalten ungeheuerlich vor. Ich konnte doch einen Menschen, der Hilfe brauchte, nicht einfach dort liegen lassen, das war doch ein Vergehen, unterlassene Hilfeleistung. Also, egal wie ich zu dieser Frau stand, ich musste wieder runtergehen und musste ihr helfen.

Ja, und den Rest kennst du. Ich traf dann euch beide, als ihr die Frau gerade gefunden hattet. Ich war heilfroh, dass ihr euch um sie gekümmert habt und dann verständigte ich die Hilfsdienste und wies den Sanitätern auch den Weg. Ich stieg aber nicht mehr hinab, denn ich wusste, dass ich aus dieser Situation nicht unbeschadet herauskäme.

Wie sollte ich denn meine Unschuld beweisen? Alles sprach gegen mich und, aus dieser Angst heraus, wollte ich nur noch weg. Weg von dieser Situation, in die ich so plötzlich hineingeraten war. Ich konnte euch beiden den Sachverhalt nicht erklären und auch Jan nicht und der Polizei sowieso nicht, ohne dass ihr mich für schuldig befunden hättet. Also folgte ich meinem Fluchtinstinkt, entsorgte mein Handy, ließ mein Auto einfach stehen und besorgte mir ganz schnell am Hauptbahnhof ein Bahnticket nach Genf.

Ja, und den Rest weißt du. Was soll ich nun machen?
Gruß, Jasmin

Anne war perplex, sie konnte nicht direkt darauf antworten, sondern musste sich das Ganze nochmals überlegen. Sie verstand den Gedankengang ihrer Freundin Jasmin, aber war diese plötzliche Flucht wirklich die richtige Methode? Wäre es nicht viel besser, die Wahrheit zu sagen?

KAPITEL 30

Anne hatte eine schlaflose Nacht, wie konnte sie ihrer Freundin nur helfen? Ihr erster Gedanke an diesem Abend war: Das muss ich mit Bärbel besprechen. Das ging aber nicht, denn in Brasilien war es mitten in der Nacht und im Übrigen hatte Jasmin sie gebeten, es niemandem zu erzählen.

Was konnte sie also tun, ohne dass sie Jasmin schadete. Genau, worin bestand nun ihre Freiheit zu handeln? Wie hatte Sartre gesagt: „Der Mensch ist zur Freiheit verurteilt."

Musste sie Jasmins Geständnis jetzt der Kommissarin erzählen? Aber zählte nicht die langjährige Freundschaft zu ihrer Freundin mehr und bestand ihre Pflicht nicht eher darin, diese zu beschützen? Sie war davon überzeugt, dass Jasmin ihr die Wahrheit gesagt hatte, also durfte sie ihr nicht schaden. Es musste also einen anderen Täter geben, der Natascha verletzt hatte.

Die Wahrheit musste ans Licht kommen, denn ohne Wahrheit und Vertrauen konnte eine menschliche Gemeinschaft nicht existieren. Wie oft hatte sie in ihren Kursen über die Verpflichtung zur Wahrheit diskutiert?

Jetzt, wo sie selbst so unmittelbar betroffen war, merkte sie, wie schwer es fiel, das Richtige zu tun. Sie beschloss, zunächst den Mund zu halten und die polizeilichen Ermittlungen erst einmal abzuwarten.

Falls die Kommissarin zur endgültigen Aufklärung des Falles und zum Finden des/der Schuldigen jedoch auf Jasmins Aussage des Tathergangs angewiesen war, musste sie ihr Schweigen brechen und die Wahrheit sagen.

War der Mensch also doch zur „Freiheit verurteilt"? Musste er sich nach diesen moralischen Gesetzen richten, die er selbst anerkannt hatte und war damit also doch unfrei?

In dieser Nacht schlief sie kaum. Sie hatte Alpträume. Wie so oft in solchen Träumen, stürzte sie von einem hohen Gebäude und schlug hart auf dem Boden auf. Nur mit Mühe konnte sie aufstehen und fand sich in einer grauen, kalten Welt, die von Roboter ähnlichen Figuren bevölkert war.

Niemand half ihr auf, sondern alle gafften sie nur an und registrierten, wie sie sich nun verhielt. Sie merkte, dass diese Wesen nicht aggressiv waren, aber dass sie über keine Empathie verfügten. Sie funktionierten nach starren Regeln, Algorithmen regelten ihren Tageslauf. Alles war genormt: ihre Arbeitszeit, ihre Ausruhphasen, ihre sportlichen Betätigungen, ihr soziales Verhalten.

Sie existierten nach diesen Normen und wenn sie diese übertraten, wurden sie bestraft, in Zellen eingesperrt oder ganz abgeschaltet und aus dem Verkehr gezogen. Es gab keine Diskussionen darüber, ob die Strafe angemessen sei. Ein Denken in Pro und Contra schien hier nicht zu existieren. Überhaupt wurde in dieser Welt nicht viel gesprochen und gelacht wurde schon gar nicht. Dabei war das Lachen ein ganz wichtiges Element der Kommunikation, da es fröhlich, aber auch verächtlich oder höhnisch sein konnte.

Wahrscheinlich stellte man sich bei diesen Roboterwesen auch überhaupt nicht die Frage, was Freiheit bedeutete und schon gar nicht, ob der Mensch zur Freiheit verurteilt war. Welche Freiheit denn überhaupt?

Als Anne am nächsten Tag aufwachte, fühlte sie sich wie gerädert. Sie erinnerte sich dunkel an die alptraumartige Welt ihres Traumes. Wie konnte man nur so dumpf existieren anhand von Algorithmen, ohne die eigene Existenz zu hinterfragen?

Aber auch heutzutage gab es Staaten, die mit Algorithmen das gesamte menschliche Leben überwachten und bei negativem Verhalten Minuspunkte vergaben. Wer zu viele Minuspunkte hatte, konnte zum Beispiel nicht mehr verreisen oder sich schöne Möbel oder andere Dinge des täglichen Bedarfs kaufen. Bei zu starker Kritik am Staat wurden die Menschen willkürlich eingesperrt.

Anne schüttelte es bei dieser Vorstellung, wie es sie damals als Schülerin schon geschaudert hatte, als sie in der Schule Orwells Roman „1984" oder Huxleys „Schöne neue Welt" gelesen hatten. Es konnte doch nicht sein, dass die Menschheit, aufgeklärt und vernetzt wie sie heutzutage war, wieder zurückfiel in mittelalterliche Hysterien und Verschwörungstheorien. Es gab doch, Gott sei Dank, heute keine Hexenverbrennungen mehr, obwohl, wenn man die Hetztiraden im Internet las, konnte man den Eindruck haben, dass die Bedrohungen heutzutage nicht weniger geworden waren. Sie musste unwillkürlich wieder an das Buch „Das Leben der Bernadette Duchamp" denken, welches sie damals bei Isabelle in Carcassonne gekauft hatte. Diese arme Bernadette hatte man, ohne dass man ihre Argumente auch nur überprüfte, als Hexe angeklagt. Es genügte, dass ihr Mann sie verdächtigt hatte, eine Ketzerin zu sein und schon wurde sie eingesperrt, gefoltert und am Schluss auf dem

Scheiterhaufen verbrannt. Sie erinnerte sich an einen Ausspruch Voltaires, der gesagt hatte: „Es mag sein, dass ich die Ansichten eines anderen total ablehne, aber ich würde alles dafür tun, dass er sie öffentlich sagen darf.“

Das war die Toleranz, die den anderen nicht überrollte, auch wenn seine Anschauung einem nicht gefiel. Ihr hatte Jasmins Darstellung ihrer Flucht auch nicht gefallen, aber sie durfte sie dennoch nicht im Vorfeld verurteilen, sondern musste ihr die Chance auf ein gerechtes Urteil geben.

KAPITEL 31

Anne hatte lange nichts mehr von Isabelle Duchamp gehört und sie beschloss, sie anzurufen. Isabelle freute sich über den Anruf und erzählte ihr, dass sie neben ihrer Arbeit in ihrem Antiquitätenladen nun noch einen Lesezirkel ins Leben gerufen hatte.

Es ging dabei natürlich auch um die Zeit der Katharer, aber auch um Neuerscheinungen, die man diskutierte. Die meisten Lesungen hatte sie bisher in ihrem Antikladen gehalten, aber auch eine Lesung, bei der es um Kriminalfälle ging, hatte im Foltermuseum stattgefunden. Die Zahl der Teilnehmer wuchs immer mehr. Isabelle klang ganz begeistert, als sie von diesem neuen Projekt erzählte.

Da kam Anne eine Idee. Sie berichtete ihr, dass ihre verschwundene Freundin Jasmin nun in Südfrankreich aufgetaucht sei und gerade dabei sei, einen kulturellen Reiseführer über diese Gegend zu schreiben. Vielleicht könne sie Jasmin einmal zu ihrem Lesekreis einladen. Den Vorschlag fand Isabelle ganz prima und wollte ihn sobald wie möglich in die Tat umsetzen.

Anne versprach ihr, Jasmin sobald wie möglich zu kontaktieren, weil sie sich erst erkundigen wollte, ob ihr dieser Kontakt recht sei oder ob sie im Moment noch zu sehr mit ihren anderen Angelegenheiten belastet sei.

Sie schrieb Jasmin eine Mail und erzählte ihr, wie und wann sie Isabelle zum ersten Mal getroffen hatte.

Sie erwähnte auch das Buch über Isabelles Urahnin, die man als Hexe verbrannt hatte wegen ihrer Kontakte zu den Katharern.

Wie Anne geahnt hatte, war Jasmin an dieser Geschichte sehr interessiert und sie wollte Isabelle demnächst, wenn sie Zeit hatte, gerne treffen. Als Anne ihr erzählte, dass Isabelle ebenfalls eine passionierte Tourengeherin und Bergsteigerin sei, wusste sie schon, dass die beiden sich bestimmt verstehen würden.

Im Übrigen würde es Jasmin auch ganz gut tun, wenn sie sich außerhalb ihrer Arbeit in der Buchhandlung mit Nadine auch noch andere Kontakte aufbaute, denn da sie dort unten in Südfrankreich noch keinerlei andere Bekanntschaften hatte, schadete es bestimmt nicht, sich zu vernetzen.

Schon bald kam eine Rückmeldung von Isabelle, die ihr erzählte, dass sie Jasmin getroffen hatte und ihr die ehemalige kleine Stadt der Katharer, Villefranche, gezeigt hatte. Sie wollte ihr an einem der nächsten Wochenenden auch noch Narbonne zeigen und sie hatten vor, dort abends im Dom in ein Orgelkonzert zu gehen.

Anne freute sich, dass sich das Ganze so gut anließ, denn sie hoffte, dass Jasmin dadurch von ihren depressiven Gedanken und Ängsten abgelenkt würde.

KAPITEL 32

Als Anne einige Zeit später ihren Briefkasten öffnete, flatterte ihr ein Brief mit einem amtlichen Aufdruck entgegen. Sie stutzte, was konnte das wohl sein?

Es war eine Vorladung zu einem Gerichtstermin und sie sollte als Zeugin aussagen. Es ging um den Fall der Natascha Wollin, mehr stand nicht in dem Schreiben.

Hatte die Kommissarin neue Erkenntnisse in diesem Fall gewonnen, die schon zur Gerichtsverhandlung ausreichten?

Anne war in den letzten Wochen so stark mit Prüfungsterminen belastet gewesen, dass sie gar nicht mehr zu einem Telefonat mit Frau Becker gekommen war.

Sie rief am nächsten Tag bei der Kommissarin an, um sich nach dem Fall zu erkundigen. Aber Frau Becker gab sich recht zugeknöpft und sagte nur, dass sich gerichtsverwertbare Tatsachen herausgestellt hätten, die nun keinen Aufschub mehr duldeten.

Als Anne zum Gerichtstermin ging, war sie gespannt, was sie dort erwarten würde. Hatte man den Täter oder die Täterin gefunden, der oder die Natascha niedergeschlagen hatte?

Sie musste zunächst vor dem Gerichtssaal warten, bis sie an der Reihe war mit ihrer Aussage. Neben ihr saß eine sehr leutselige ältere Frau, die von ihr wissen wollte, ob sie auch eine Zeugin sei und was sie denn gesehen habe. Darauf ging Anne natürlich nicht so genau ein, aber die Frau erzählte ihr, dass sie eigentlich nichts gesehen hatte, sondern eher nur etwas gehört. Bevor sie jedoch in die Details gehen konnte, wurde sie in den Gerichtssaal gebeten. Anne rätselte, was konnte die Frau denn gehört haben?

Dann war Anne an der Reihe mit ihrer Zeugenaussage. Sie wunderte sich, denn auf der Anklagebank saß Jan Justin.

Sie schilderte genau, was sie gesehen hatte und erklärte auch, dass sie die beiden jungen Männer, die vor ihr und ihrer Freundin Bärbel den Schlangenweg hochgegangen waren, für die Täter gehalten hatte.

Der Richter hörte genau zu und auch der Verteidiger stellte noch einige Fragen zu Details. Er wollte wissen, ob die Frau total bewusstlos gewesen war oder ob sie doch noch reagiert habe. Anne konnte nur bestätigen, dass sie die Frau in einem bedenklichen Zustand gefunden hatten, dass sie kaum ansprechbar gewesen sei oder zumindest auf ihre Fragen nicht geantwortet habe.

Im weiteren Verlauf der Verhandlung merkte sie, dass Natascha als Klägerin gegen Jan auftrat.

Sie beschuldigte ihn, sie am Kopf schwer verletzt und dann einfach hilflos liegen gelassen zu haben. Sie habe ihn um die Mittagszeit am Tattag nochmals angerufen und ihm gesagt, dass sie sich gerade mit seiner Frau Jasmin auf dem Schlangenweg zu einem Spaziergang treffen wolle, um mit ihr vor dem gemeinsamen Abendessen, quasi unter Frauen, noch einmal einige strittige Punkte zu besprechen, vor allem ihre Forderung an Jasmin, sich von Jan scheiden zu lassen.

Jan riet ihr dringend davon ab, aber sie hatte sich schon mit Jasmin verabredet und wollte dies auch nicht rückgängig machen.

Wie erstaunt war sie dann, als einige Minuten später Jan angerannt kam. Er wollte ihr Vorschriften machen und verlangte, dass sie vor allem nicht die Scheidung von Jasmin fordern solle. Natascha erklärte, dass sie auf diese Forderung Jans nicht eingehen würde. Sie sei vielmehr so wütend geworden, dass sie drohte, seine neuesten Forschungsergebnisse, die sie ihm entwendet hatte, an einen Kollegen zu verkaufen.

Jan sei daraufhin ausgerastet, so dass er sie an beiden Armen packte und schüttelte. Sie wehrte sich und so sei es zu einem heftigen Gerangel gekommen. Sie habe an diesem Tag modische Schuhe mit erhöhtem Absatz getragen und sei ins Straucheln gekommen. Sie konnte ihren Sturz nicht mehr abwehren und dann sei sie hingefallen.

Ihr Sturz war so heftig, dass sie mit dem Kopf auf einen großen Stein aufschlug und am Boden liegen blieb. Sie habe gemerkt, dass sie blutete und sie schilderte, dass der Kopf wahnsinnig geschmerzt habe. Ab diesem Zeitpunkt habe sie alles nur noch ganz verschwommen wahrgenommen. Sie habe nur noch gemerkt, dass sie allein auf dem steinigen Boden lag und niemand ihr geholfen habe. Jan sei nicht mehr da gewesen. Sie beschuldigte ihn also, sie verletzt zu haben und dann hilflos auf dem steinigen Boden liegen gelassen zu haben.

Natascha hatte ihre Anklage sehr emotional vorgetragen und dabei immer wieder in Jans Richtung geschaut. Anne fiel auf, dass Jan total blass geworden war. Er wurde nun aufgefordert, Stellung zu der Anklage zu beziehen. Er stand langsam auf und sagte: „Das ist ungeheuerlich.“

Der Richter forderte ihn auf, zu erklären, wieso diese Anklage für ihn ungeheuerlich sei.

Jan wies darauf hin, dass er für diesen Nachmittag ein Alibi habe, denn er sei mit seinen Kollegen zum Mittagessen gewesen. Danach sei er mit diesen ins Institut zurückgekommen. Das könne der Portier auch bestätigen. Im Übrigen habe man sein Handy überprüft und festgestellt, dass er in der fraglichen Zeit, außer kurz mit seiner Frau, gar nicht telefoniert habe.

Hier intervenierte der Richter und sagte, mit Blick in seine Akten: „Ja, das stimmt, sie haben mit ihr telefoniert. Aber, Moment einmal, ich lese hier gerade, dass es einen zweiten Anruf gab, dass Sie zwar nicht selbst telefoniert haben, aber dass Sie von einer unbekannten Nummer angerufen wurden. Wer war das?"

Jan erwiderte darauf aber nur, dass es ein Werbeanruf gewesen sei. Wie man auf seinem Handy sehen könne, sei der nur ganz kurz gewesen.

So, nun stand Aussage gegen Aussage.

Annes Aussage konnte in diesem Fall nichts zur Klärung beitragen, denn sie und ihre Freundin hatten Natascha verletzt und benommen auf dem Boden gefunden, aber sie wusste nicht, wer der Täter war. Sie hatte vermutet, dass es die beiden Jungs waren, die vor ihnen den Schlangenweg hochgestürmt waren. Dies war aber nach den Untersuchungen des Kriminalkommissariats nicht der Fall, denn die beiden waren nur kleine Taschendiebe.

Nun kam aber die Aussage der Kommissarin ins Spiel. Sie hatte herausgefunden, dass es doch eine Zeugin gab, die ein Gespräch zwischen einer Frau und einem Mann gehört hatte, welches auf diesen Vorfall zutreffen konnte.

Sie hatte bei ihrer Tatortbegehung zufällig eine alte Frau getroffen, die just an diesem Tag in ihrer versteckt liegenden kleinen Gartenparzelle eine heftige Auseinandersetzung zwischen einem Mann und einer

Frau gehört hatte. Die Zeugin hatte erklärt, dass sie wegen der hohen Hecke vor ihrem Garten die Personen jedoch nicht sehen konnte.

Die Frau hatte allerdings von der Rangelei und dem Sturz der Frau nichts bemerkt. Auf die Frage des Anwalts: „Haben Sie die Stimmen denn erkannt?", erwiderte sie: „Nein, leider nicht. Es war eine relativ hohe Frauenstimme und eine ziemlich tiefe Männerstimme."

Sie erklärte dem Richter jedoch, dass sie den folgenden Satz der Frau ganz genau gehört hatte: „Wenn du dich nicht von ihr scheiden lässt, werde ich dich dazu zwingen. Dann verkaufe ich deine neuesten Forschungsarbeiten an einen Konkurrenten."

Diese Aussage der älteren Zeugin warf natürlich ein schlechtes Licht auf die Klägerin, Natascha, die nicht damit gerechnet hatte, dass ihr Gespräch belauscht worden war. Ihre Rolle als unschuldiges Opfer einer Attacke war damit auf alle Fälle sehr angekratzt. Vielmehr geriet sie jetzt selbst in den Verdacht, eine Erpresserin zu sein. Natürlich war mit dieser Aussage aber auch Jans Aussage, dass er nicht am Tatort gewesen sei, erschüttert.

Anne verfolgte die Verhandlung mit der größten Anspannung und überlegte, was sich daraus an Konsequenzen für Jasmin ergeben könnte. Bisher spielte sie bei der Verhandlung nur die Rolle der betrogenen Ehefrau und war in keiner Weise beschuldigt worden.

Das Gericht zog sich nun zur Beratung zurück. Nach einer kurzen Beratung erklärte der Richter, dass die Verhandlung vertagt werden müsse, denn nun hätten sich Tatsachen herausgestellt, die neue Nachforschungen ergäben. Die Aussagen der Klägerin müssten noch einmal überprüft werden und auch die Aussagen des Angeklagten, Jan Justin.

Man wolle auch noch die Ehefrau des Angeklagten und Anne Richters Freundin Bärbel zu der Angelegenheit befragen.

Anne war zufrieden mit diesem Ergebnis, sie fühlte sich noch nicht verpflichtet, das Geständnis, das Jasmin ihr gemacht hatte, zur Wahrheitsfindung beizusteuern. Jasmin hatte sie ja auch um Stillschweigen gebeten. Sie musste Jasmin benachrichtigen, dass sie sich stellen und ihre Zeugenaussage machen sollte. Was konnte ihr schon passieren? Gut, man konnte sie wegen unterlassener Hilfeleistung anklagen, aber auch nur beschränkt, denn schließlich war sie diejenige, welche den Rettungsdienst angerufen hatte, nachdem sich ihre Panik gelegt hatte. Zumindest hatte sie es so erzählt, aber allmählich wusste Anne selbst nicht mehr so recht, wem sie noch glauben konnte und wem nicht.

KAPITEL 33

Es war der dreißigste Juli, die letzten Arbeiten waren korrigiert und ihr Kurs war zu Ende. Sie hatte mit den Kursteilnehmern*innen abgemacht, dass sie in der letzten Stunde ein gemeinsames Frühstück machen und den Kurs noch einmal Revue passieren lassen wollten, also eine so genannte Manöverkritik, bei der jede(r) sagen konnte, was ihm oder ihr gefallen oder auch missfallen hatte. Die Reaktionen fielen natürlich ganz unterschiedlich aus.

Dirk stellte etwas erbittert fest: „Da steh ich nun, ich armer Tor und bin so klug als wie zuvor (…). Ich habe einige neue Modelle oder Betrachtungsweisen der Welt kennengelernt, aber ein Wegweiser für mein Leben war nicht dabei."

Sophie meinte: „Es ist Ihnen ganz gut gelungen, mich zu verunsichern und mein gewohntes Bild von der Welt in Frage zu stellen. Ich bin kritischer geworden gegenüber starren Denkmodellen, gleichzeitig ist aber dieses Zweifeln teilweise auch zermürbend, denn in unserer heutigen Welt wird uns doch für jedes Problem eine schnelle Lösung angeboten. Warum scheut sich die Philosophie, klare Lösungen zum Gelingen eines guten Lebens zu geben?"

Dieser Meinung von Sophie stimmten viele zu, denn sie wollten klarere Rezepte, nach denen sie sich richten konnten.

Luisa lenkte jedoch ein und meinte: „Leute, Philosophie ist doch kein Kochkurs, nach dem Motto, man nehme eine Prise von diesem oder jenem und dann kommt ein glückliches Leben dabei heraus. Ich muss sagen, dass ich in meinem Kopf nun verschiedene Modelle abgespeichert habe, die ich ganz persönlich selbst bewerten muss. Ich merke dabei, dass es nun das ‚e i n e‘ absolut richtige Rezept für ein gelungenes Leben in der Zukunft nicht geben kann. Was mir am meisten eingeleuchtet hat, das war die Anschauung von Popper, der sagte, dass wir die Wirklichkeit immer ‚falsifizieren‘ sollen, dass wir also immer bereit sein sollen, unser aktuelles Wissen auf seine Richtigkeit zu überprüfen und gegebenenfalls zu verändern.

Diese Ansicht leuchtet mir ein und vor allem sein Begriff einer ‚open society‘, die tolerant ist und niemanden ausschließt, sondern jedem in einer Demokratie eine Chance gibt.“

Juri schloss sich in seinem Kommentar Sokrates an und meinte: „Ich weiß, dass ich nichts weiß. Aber immerhin ist dies für mich kein Schlagwort mehr, sondern es ist mir ‚bewusst‘ geworden. Gleichzeitig bin ich aber doch optimistisch, dass man mit dieser Haltung neugierig gegenüber der Zukunft bleibt und auf diese hoffe ich.“

„Was bedeutet die Philosophie denn für Sie selbst?“, wollte Alex wissen.

„Genau, sagen Sie uns doch, welches dieser vielen Modelle, die Sie uns erklärt haben, beeindruckt Sie denn am meisten?“, fragte Nathalie.

„Das e i n e perfekte Modell gibt es für mich auch nicht, aber bei jeder philosophischen Lehre gibt es Aspekte, die mir einfach zeigen, dass Leute sich sehr exakt und klug mit den Fragen der menschlichen Existenz auseinandergesetzt haben“, war ihre Antwort.

„Also meiner Meinung nach lieben sie den ‚kategorischen Imperativ' von Kant am meisten, denn Sie haben uns immer wieder darauf hingewiesen, ihn als eine Richtschnur zu nehmen, wenn wir unsicher in unserem Verhalten sind", meinte Alex.

„Stimmt, als ich neulich einmal meine Hausaufgaben vergessen hatte, gab es zwar keine Szene, sondern nur einen Verweis auf den kategorischen Imperativ: ‚Handle so, dass die Maxime deines Handelns jederzeit zu einem allgemeinen Gesetz werden kann'. Das saß, obwohl man das nun auch noch genauer ausdiskutieren sollte", grinste Lars sie an.

Damit hatte er die Lacher auf seiner Seite und alle wollten nun die delikate ‚philosophische' Frage klären, ob Hausaufgaben sinnvoll seien…

Die Teilnehmer zeigten nun mit dieser amüsanten und witzigen Diskussion, dass die Philosophie also durchaus auch einen ganz realen praktischen Bezug auf ihr Alltagsleben haben konnte. Anne selbst hatte schon vor einigen Jahren einen Ausspruch von Wittgenstein gefunden, der ihr gefallen hatte und der ihr immer wieder geholfen hatte, wenn man ihr Fach, die Philosophie, kritisiert hatte und den gab sie ihnen nun als letzte Kopie dieses Kurses mit auf den Weg.

Es konnte zwar durchaus sein, und dieses Mal war es bestimmt auch wieder so, dass sie einige dieser Kopien am Ende der Stunde als Papierflieger in der Ecke des Saals finden würde, aber vielleicht regte es doch einige zum Nachdenken an:

„Die Philosophie soll nichts erklären oder begründen. Eine philosophische Betrachtung soll allein darin bestehen, das bereits Bekannte und Selbstverständliche, aber Unbeachtete, in einer solchen Weise zusammenzustellen, dass keine Veranlassung zum Philosophieren mehr besteht. In diesem

Sinn hat die Philosophie therapeutische Funktion, ist sie der Behandlung einer Krankheit gleichzusetzen: Die erfolgreiche Behandlung eines philosophischen Problems besteht darin, das Problem zum Verschwinden zu bringen."
(Wittgenstein)

Diese Erklärung fanden die meisten dann doch recht amüsant.

KAPITEL 34

Am späten Abend läutete Annes Telefon, es war Bärbel.

„Hallo, Anne, rate mal, wo ich bin?"

„Wenn du so fragst, schätze ich, dass du zu Hause bist?"

„Ja, stell dir vor, das ist jetzt alles plötzlich ganz schnell gegangen."

„Wie meinst du das? Hast du dich mit deinem Yves zerstritten und bist vorzeitig abgereist?"

„Quatsch, nein. Stell dir vor, ich habe in zwei Tagen einen Termin in Genf. Ich hatte dir doch erzählt, dass ich mich dort bei UNICEF beworben hatte. Erinnerst du dich? Sie haben mir auf meine Bewerbung relativ schnell geantwortet und mir einen Vorstellungstermin gegeben. Meine Zeit in Brasilien wäre eh in vier Tagen abgelaufen und so bin ich nun schon früher wieder zurück. Ich habe dir ganz viel zu erzählen und würde mich riesig freuen, dich morgen zu treffen."

„Du, ich freue mich auch und da ich jetzt Ferien habe, habe ich Zeit und werde morgen etwas Leckeres für dich kochen. Dazu gibt es einen guten Sauvignon blanc und dann können wir mal alles bequatschen, wozu wir in letzter Zeit nicht kamen."

„Prima, ich freue mich drauf. Anne, ich habe noch eine Bitte, kannst du mich in zwei Tagen nach Genf begleiten? Weißt du, irgendwie habe ich doch etwas

Bammel, mein letztes Vorstellungsgespräch ist schon eine Ewigkeit her.“

„Okay, warum nicht, dann lerne ich diese teure Stadt auch einmal kennen.“

„Ich spendiere dir auch eine Übernachtung in einem guten Hotel.“

„Dann vergiss aber nicht, dir viele ‚Fränkli‘, viel Geld, einzustecken, Bärbel. Recherchier erst einmal im Internet, denn die Hotels dort sind wahnsinnig teuer. Wir könnten es aber auch so machen, dass wir uns ein Hotel im benachbarten französischen Teil des Genfer Sees suchen, zum Beispiel in Evian-les Bains oder in Amphion, das ist nicht allzu weit weg von Genf, aber um einiges billiger.“

„Gut, das besprechen wir am besten morgen. Heute Abend bin ich nach dem langen Flug doch sehr müde.“

Eigentlich wollte Anne ihr noch von der Gerichtsverhandlung erzählen, aber sie merkte, dass Bärbel nicht mehr aufnahmefähig war und so verschob sie es auf den folgenden Tag.

Als Vorspeise gab es am nächsten Mittag kleine Pasteten mit einer Füllung aus Käse und Kräutern, als Hauptgang frische Doraden auf mediterrane Art mit Knoblauch und Tomaten. Als Dessert servierte Anne noch eine ‚Tarte au citron‘.

Zum Kaffee setzten sie sich auf die Terrasse. Bärbel räkelte sich zufrieden in ihrem Sessel.

„So gut hat es mir lange nicht mehr geschmeckt. Schön, wieder hier zu sein. Weißt du, in Brasilien haben wir meistens in unserer Gemeinschaftsküche gegessen oder in der Schulkantine, da ist das Essen doch viel einfacher. Schön war es aber am Samstag oder Sonntag, wenn wir Zeit hatten und gegrillt haben.“

„Dir hat es also dort gefallen?“

„Ja, ich bin ja hauptsächlich hingegangen, um meiner alten Freundin unter die Arme zu greifen und ihr zu ermöglichen, dass sie auch einmal während meines Aufenthalts vierzehn Tage Urlaub nehmen konnte, denn sie hatte in den letzten drei Jahren keinen einzigen freien Tag gehabt. Aber ich muss sagen, dass mir das Leben dort mit den Kindern gefallen hat.

Das Zentrum in Rio bietet den Kindern aus den umliegenden Favelas sowohl einen Kindergarten als auch eine Schule. So können ihre Mütter, denn in vielen Fällen sind die Väter schon verschwunden, sich wieder eine kleine Arbeitsstelle oder Gelegenheitsarbeit suchen, um ihre Familien zu ernähren. Sie müssen in diesem karitativen Zentrum keine Schulgebühren zahlen und die Kinder lernen dort vor Ort so viel, dass sie sich später eine besser bezahlte Stelle als Sekretär*in, Techniker*in oder Mechaniker*in suchen können und nicht mehr als Gelegenheitsarbeiter leben müssen.

Ich habe dort viel gelernt, da ich sowohl im Schulbetrieb eingesetzt war als auch in der Organisation und der Verwaltung des Zentrums.“

„Diese Erfahrung würde ich an deiner Stelle auch während deines Bewerbungsgesprächs unbedingt erwähnen.“

„Ja, stimmt, aber jetzt erzähl doch einmal, was hat sich denn in letzter Zeit hier getan. Was gibt es Neues?

Anne berichtete Bärbel von der Gerichtsverhandlung. Ihre Freundin kam aus dem Staunen nicht mehr raus. Was, Jan sollte also der Täter sein? Er habe Natascha auf den Boden geworfen und die Verletzte einfach liegen gelassen? Die Arme! Als Anne ihr dann aber von dem belauschten Gespräch der Zeugin erzählte, verringerte sich ihr Mitleid doch erheblich.

„Also, ich muss sagen, ich habe gar kein Mitleid mehr mit dieser Natascha“, meinte Anne, „erst hat sie

Jasmin durch ihren Telefonterror das Leben zur Hölle gemacht, dann hat sie Jans Forschungspapiere entwendet und gefordert, dass er sie heiraten müsse. Erklär mir einmal, was einer solchen Frau im Kopf herumgeht?"

„Stimmt, wenn man sich das alles einmal in der Reihenfolge ansieht, ergibt das keine angenehme Person. Weißt du, ich habe immer noch in meinem Kopf das Bild von der bewusstlos am Boden liegenden Frau vor Augen, der man unbedingt helfen muss", sagte Bärbel.

„Im Nachhinein frage ich mich sogar, ob Natascha eventuell gar nicht so ganz bewusstlos war, sondern schon mit Vorbedacht die Situation schlimmer erscheinen ließ als sie wirklich war. Mir kam dieser Verdacht auch schon, als ich sie in der Reha-Klinik besucht hatte und der Meinung war, dass sie ihren totalen Gedächtnisverlust nur vortäuschte. Und wie ich jetzt in der Gerichtsverhandlung bemerkt habe, kann Natascha sich schon noch an die Situation im Schlangenweg erinnern.

Ach, übrigens, Bärbel, es wird nochmals eine neue Verhandlung geben und dann musst du und auch Jasmin als Zeugin aussagen."

„Hast du mit Jasmin schon darüber gesprochen, wann wird sie denn kommen?"

„Von der gestrigen Gerichtsverhandlung habe ich ihr noch nichts erzählt, aber ich habe ihr schon gesagt, dass die Kommissarin sie in der nächsten Zeit dringend sprechen will."

„Was glaubst du, ist Jan der Täter?"

„Ich weiß nicht so recht, ich glaube Natascha mittlerweile nichts mehr. Sie dreht die Dinge immer so hin, wie sie sie gerade braucht. Ich bin einmal gespannt, ob wirklich alles so ablief, wie sie das erzählte."

KAPITEL 35

Anne kam gerade schwer bepackt mit ihren Einkaufstüten zur Haustür herein, als sie das Telefon klingeln hörte. Es war Jasmin, die ihr mitteilte, dass sie nun auch wieder über ihr eigenes Handy zu erreichen sei und nicht nur über das Telefon in ihrer Buchhandlung. Sie machte einen ganz aufgeräumten Eindruck und erzählte ihr von ihren Unternehmungen mit Isabelle, die ihr bei der Gestaltung ihres Reiseführers sehr viel half. Von ihr erhielt sie eine Menge Informationen über die Sitten und Gebräuche der dortigen Einwohner und Isabelle gab ihr wertvolle Tipps zu Gasthäusern oder Sehenswürdigkeiten, die für die künftigen Touristen wichtig sein konnten.

Auch in der Buchhandlung kam sie voran. Die Homepage wurde bald fertig, das Online-Portal, das sie installieren wollte, machte zwar noch einige Mühen, aber sie hoffte, dass sie das auch bald noch fertigbekomme.

Jasmin wollte nun natürlich von Anne wissen, was es Neues gäbe.

Anne wollte Jasmins gute Stimmung nicht gleich damit zerstören, dass sie ihr von der Gerichtsverhandlung erzählte, sondern berichtete ihr, dass Bärbel wieder im Lande sei und dass sie froh sei, dass sie sich nun wieder regelmäßig treffen könnten.

„Du weißt gar nicht, wie gerne ich auch wieder bei euch wäre."

„Na ja, Jasmin, es kann sein, dass wir uns recht bald wieder sehen. Man wird dich nämlich als Zeugin zu der nächsten Gerichtsverhandlung einladen."

Anne merkte, wie Jasmins gute Stimmung bei dieser Mitteilung sofort kippte und sie ängstlich nachfragte, was passiert sei.

Anne berichtete ihr von der Gerichtsverhandlung und dass Natascha Jan angeklagt habe, sie schwer verletzt zu haben.

„Was, sie hat ihn angeklagt? Das ist doch ungeheuerlich, das kann ich mir jetzt wirklich nicht vorstellen, obwohl ich im Moment allen Grund hätte, ihm nur Böses zu wünschen. Das entspricht nicht Jans Charakter, dass er handgreiflich wird, er ist eher jemand, der sofort abhaut, wenn große Probleme auftauchen.

Also, du glaubst, dass ich nun dringend kommen muss und auch die Wahrheit sagen muss?"

„Doch, Jasmin, das wäre nun wirklich wichtig und eine gerichtliche Vorladung kannst du auch nicht einfach ignorieren."

„Das muss ich jetzt aber erst mit meiner Arbeitgeberin, Nadine, besprechen. Sehr lange kann ich allerdings nicht kommen, denn ich kann sie doch nicht im Stich lassen, mitten in unserer neuen Umstrukturierung."

„Stimmt, aber da fällt mir etwas ein. Bärbel hat in einigen Tagen einen Vorstellungstermin in Genf. Können wir es nicht so machen, dass wir uns schon dort treffen und du dann mit uns nach Heidelberg zurückfährst? So hätten wir genügend Zeit uns über alles, was in der letzten Zeit passiert ist, zu unterhalten. Vielleicht könnten wir uns auch noch ein bisschen die Gegend am Genfer See ansehen. Was meinst du?"

„Prima, das klingt alles wunderbar. Ich muss das nur noch alles mit Nadine besprechen, denn ich will sie nicht hängen lassen. Vielleicht kann ich ja auch Yvonne in Genf kurz treffen. Sie hat mir nämlich sehr geholfen, als ich damals so plötzlich bei ihr in Genf vor der Tür stand."

„Ich denke, das lässt sich bestimmt machen und dann kann Bärbel ja damit auch ihre zukünftige Schwägerin treffen."

Jasmin war erstaunt: „Was, hat Bärbel eine so enge Beziehung zu Berts Bruder Yves? Erzähl doch mal."

„Ja, stell dir vor, unsere Feministin hat momentan das Kriegsbeil begraben. Wenn sie die Stelle bei UNICEF bekommt, will sie sogar nach Genf ziehen. Aber warten wir erst einmal ab, so ganz traue ich der Sache noch nicht."

„Also, ich fände das gar nicht so übel. Wir drei hätten dann immer einen Grund, uns am Genfer See zu treffen. Vielleicht könnte ich ja auch ab und zu Isabelle aus Carcassonne mitbringen, ich glaube, sie würde ganz gut zu uns passen."

„Das klingt wirklich gut, aber zunächst müssen wir uns noch darum bemühen, diese unglückliche Affäre auf dem Schlangenweg gut und fair zu beenden."

„Ja, aber ich sehe das Ganze jetzt gar nicht mehr so schwarz. Ich werde einfach die Wahrheit sagen und dann hat die Justiz das letzte Wort."

„Jasmin, das ist wirklich eine gute Entscheidung. Ich hoffe, dass du alles so arrangieren kannst, dass wir uns dann in Genf treffen können. Tschüss."

KAPITEL 36

Es war noch recht früh an diesem Morgen, als Bärbel und Anne ihre Koffer ins Auto packten. Über dem Neckar waberte eine feine Dunstschicht, aber das Schloss sah im Morgentau aus wie frisch gewaschen, wie auf einem der Stiche des Malers Turner.

Es würde wohl ein warmer Tag werden. Bis jetzt hatte der Verkehrsfunk für die Autobahn nach Basel noch keine größeren Staus oder Behinderungen gemeldet. Sie hofften, dass dies so bleiben könnte, aber sie wussten aus Erfahrung, dass spätestens bei Karlsruhe der morgendliche Pendlerverkehr einsetzen würde.

Deshalb wollten sie keine Zeit verlieren.

Anne erzählte Bärbel von ihrem Telefonat mit Jasmin.

„Du, das wäre großartig, wenn wir Jasmin in Genf treffen könnten.

Wie in alten Zeiten, wenn wir uns für ein gemeinsames Wochenende von zu Hause loseisen konnten, um eine gemeinsame Städtetour zu machen."

Die Fahrt wurde dann doch anstrengender als sie gedacht hatten, da viel Verkehr war und einige Unfälle zusätzliche Staus verursachten. Da sie sich beide am Steuer abwechselten, wurde es allerdings doch nicht zu strapaziös. Dennoch kamen sie erst am Nachmittag in ihrem kleinen Hotel an, das Bärbel zu einem noch einigermaßen erschwinglichen Preis in einem der Vororte von Genf gefunden hatte.

Hier wollten sie für zwei Nächte bleiben, da Bärbel am folgenden Tag um elf Uhr ihr Vorstellungsgespräch hatte.

Da das Wetter sehr schön war, wollten sie sich die Innenstadt von Genf genauer anschauen und irgendwo am See zu Abend essen.

Als sie aus dem Auto ausstiegen, waren sie überrascht von dem wunderschönen Blick auf den Genfer See, der sich ihnen bot.

Der See war tiefblau und da an diesem Tag ein sehr starker Wind ging, zeigte er so hohe Wellen, dass sie den Eindruck hatten, sie stünden am Meer. Sie betrachteten die imposanten Hotels in unmittelbarer Nähe des Sees und Anne frotzelte und meinte:

„Okay, Bärbel, morgen, wenn du nach deinem Bewerbungsgespräch weißt, dass du eine gut bezahlte Funktionärin bei der UNICEF wirst, dann ziehen wir in eine Suite in eines der schicken Hotels hier. Dann kannst du dir das doch leisten."

Bärbel ging sofort darauf ein und deutete auf ein schönes altes Gebäude: „ Okay, wenn du darauf bestehst, dann ziehen wir eben ins ‚Beau - Rivage‘. Du weißt doch, die Zimmer dort sind mordsmäßig gut."

Anne sah sie an, zunächst stand sie auf der Leitung, aber dann erinnerte sie sich.

„Stimmt, das war doch das Hotel, in dem Sissi logiert hat, bevor man sie hier in Genf ermordete."

„Allerdings und dann muss man auch noch bedenken, dass die Badewannen hier mörderisch genial sind. Schließlich fand man in diesem Hotel den deutschen Politiker Barschel tot in seiner Badewanne. Wenn es dich also nach Mordkammern gelüstet, reserviere ich dir hier ein Zimmer."

Unter diesen Umständen lehnte Anne jedoch dankend ab und so fanden sie, dass ihr recht kleines Hotelzimmer durchaus besser war als eine Nobel-Suite ohne Aufwachgarantie.

Unten, direkt am Seeufer, legte gerade eines der Ausflugsschiffe an und neugierig geworden, betrachteten sie die verschiedenen Abfahrtszeiten und Ziele der weißen Schiffe. An diesem Tag war es für eine Schiffsfahrt schon zu spät, aber am nächsten Tag wollten sie zumindest eine Fahrt über den See machen.

Vom See aus gingen sie in Richtung Altstadt und sahen hier, wie es für Genf und seinen Ruf als eine der teuersten Städte typisch war, viele der bedeutenden Nobelmarken. Gucci bot in seiner Nobelboutique Kleidung für die Damen an, bei denen man die Preise nur erahnen konnte, denn Preisschilder, wie sonst üblich, waren bei den ausgestellten Hosen und Jacken nicht zu sehen. Dazu war man hier zu fein, man musste schon mit dem entsprechend gefüllten Portemonnaie oder besser noch mit Master- oder Visa -Card in die Boutique hineingehen.

Man erzählte sich in Genf, dass einige Scheichs aus Saudi-Arabien oder den Emiraten manchmal mit ihrem gesamten weiblichen Anhang in eines der Luxushotels einflogen und mit einigen der Nobelboutiquen, Prada, Gucci, Rolex und so weiter, vereinbarten, dass diese ihre Läden am Sonntag speziell nur für sie und ihre Damen zum Besichtigen und zum Verkauf öffneten.

Für Anne und Bärbel waren das Traumvorstellungen, ihnen genügte schon ihr Windows-Shopping, denn das schonte zumindest ihr sehr überschaubares Budget, für solche Eskapaden war ihr Konto nicht ausgestattet.

Im Übrigen hatten sie auch keinen Scheich, der ihnen quasi als kleines Geschenk eine goldene Uhr oder eine Versace-Robe einfach so geschenkt hätte.

Anne konnte es aber nicht lassen, Bärbel aufzuziehen und sagte: „Na, Bärbel, sieh dir einmal alles ganz genau an, denn wenn du nach deiner Heirat zur High-Society von Genf gehörst, musst du doch wissen, in welchen Geschäften man sich standesgemäß einkleidet."

„Jetzt spinnst du aber total, Anne. Erstens ist von Heirat zunächst noch überhaupt keine Rede und zweitens entspricht das Gehalt eines kleinen Informatikers in keiner Weise dem Vermögen eines Scheichs und drittens weißt du ganz genau, dass ich solche Protzereien total ablehne. Wenn ich nur schon diese superdürren Models, diese Hungerhaken, sehe, muss ich mich schon aufregen."

„Nein, Bärbel, aufregen sollst du dich heute schon gar nicht. Wir suchen uns jetzt ein nettes kleines Restaurant, das unserem Budget entspricht, und essen gemütlich zu Abend. Sie fanden dann auch ein Gartenlokal, das ihren Wünschen entsprach und fuhren dann nicht zu spät zu ihrem Hotel zurück, denn Bärbel wollte am nächsten Tag ausgeruht zu ihrem Vorstellungsgespräch erscheinen. Nach dem Frühstück am nächsten Morgen fuhren sie wieder mit dem Bus in die Stadt.

Anne begleitete ihre Freundin bis zum UNICEF-Gebäude und wünschte ihr viel Glück. Sie selbst machte sich auf den Weg zur Altstadt und zum Seeufer. Sie kaufte sich ein Journal und setzte sich in der Nähe der Strandpromenade in ein kleines Café und bestellte sich einen Café Crème. Auch an diesem Tag hatte der See wieder eine tiefblaue Farbe, aber es ging ein scharfer Wind. Die Sonne schien zwar, aber ab und zu zogen Wolkenbänke vorüber, so dass die Touristen an diesem Tag nicht im T-Shirt herumliefen, sondern ihre Jacken anzogen.

Annes Handy klingelte plötzlich, aber das konnte noch nicht Bärbel sein, denn es war erst viertel nach elf und das Bewerbungs- Gespräch sollte eine Stunde dauern. Es war Jasmin. Sie wollte wissen, wie die aktuelle Situation in Genf sei und ob es möglich sei, dass sie morgen zu ihnen kommen könne.

Anne erklärte ihr, dass Bärbel gerade in ihrem Gespräch sei, aber dass sie beide schon darüber gesprochen hätten, dass sie, egal wie die Bewerbung verlaufen würde, noch zwei Tage am Genfer See bleiben würden.

„Hast du denn schon eine gerichtliche Vorladung zu deiner Zeugenvernehmung in Heidelberg bekommen?", wollte Anne wissen.

„Ja, stell dir vor, ich soll nächste Woche dort aussagen. Anne, davor habe ich so richtig Bammel. Ich möchte weder Jan noch Natascha sehen und schon gar nicht mit ihnen reden."

„Klar, das kann ich durchaus verstehen. Weißt du was, du wohnst in der Zeit bei mir, seitdem mein Sohn nun endgültig flügge geworden und ausgezogen ist, habe ich ja ein Gästezimmer frei. Da ich Ferien habe, begleite ich dich zur Gerichtsverhandlung und versuche, dich gegen die beiden abzuschirmen. Keine Bange, wir kriegen das schon hin."

„Ja, ich bin froh, wenn ich aus dieser ganzen Sache heraus bin. Also, dann komme ich morgen zu euch."

„Abgemacht, ich mache mich gleich auf die Suche nach einem kleinen Hotel auf der französischen Seite des Genfer Sees, denn hier in Genf ist doch alles sehr teuer, wenn man nicht zu den oberen Zehntausend gehört. Sobald ich fündig geworden bin, melde ich mich und gebe dir die genaue Adresse oder wir holen dich vom Bahnhof ab.“

Nach einer Weile merkte Anne, dass eine neue WhatsApp- Nachricht von Bärbel gekommen war.

„Ich bin fertig. Alles soweit okay. Wo kann ich dich treffen?“

Anne rief sie gleich zurück und erzählte ihr von ihrem Gespräch mit Jasmin und dass sie ein neues kleines Hotel auf der französischen Seite des Sees für sie drei suchen wollte. Sie hatte sich auch schon Infomaterial zu Hotels am Genfer See besorgt und dabei war ihr ein kleiner Ort hier in der Nähe ins Auge gefallen.

Der Ort hieß Yvoire, früher ein kleines Fischerdorf mit einem alten festungsartigen Schloss. Er gehörte zu den schönsten Dörfern Frankreichs und wurde jedes Jahr wegen seines hervorragenden Blumenschmucks ausgezeichnet. Sie hatte auch schon herausgefunden, dass man mit einem der weißen Dampfer hier von der Seepromenade aus dorthin fahren könne. Bärbel solle also kommen und dann könnten sie sich vor Ort einige kleine Hotels dort anschauen. Auf ihrem Handy habe sie auch schon einige Adressen der Hotels gefunden.

Bärbel fand die Idee ganz gut und meinte, dann könne sie ihr auf dem Schiff von ihrem Vorstellungsgespräch erzählen. Für die Schiffstour besorgte Anne noch zwei belegte Baguette und etwas zu trinken, denn die Überfahrt würde etwas mehr als eine Stunde dauern.

Die Überfahrt gefiel ihnen, vor allem, wenn das Schiff in den großen Wellen teilweise etwas schlingerte. Zunächst wollten sie draußen sitzen, aber da wehte eine zu steife Brise, so dass sie sich hinter eine Scheibe ins Innere des Dampfers verzogen.

„Bärbel, jetzt erzähl aber mal, wie lief denn dein Gespräch?“

„Zunächst einmal ließ man mich in einem großen Vorzimmer warten, um damit zu signalisieren, wie wichtig man war. Dann wurde ich von einer Vorzimmerdame in ein großes Büro gebeten, wo ein Gremium von zwei Herren und einer Dame auf mich wartete. Jeder hatte eine meiner Bewerbungsmappen vor sich liegen und musterte mich sehr genau, als ich eintrat. Man bat mich, an einem großen Tisch ihnen gegenüber Platz zu nehmen. Sie wollten wissen, was ich bis jetzt alles gemacht hatte und warum ich mich nun neu orientieren wolle.

Ich versuchte, ihnen alles offen und ehrlich darzulegen, dass ich nochmals eine neue Herausforderung suche und mein Aufenthalt in den Favelas in Rio mir die Augen geöffnet habe, dass die Kinder in diesen Ländern darauf angewiesen seien, dass man ihnen hilft. Ich hätte bemerkt, dass die Kinder in diesen armen Staaten keine Lobby hatten und oft noch nicht einmal eine Familie, die sich um sie kümmerte. Ich hatte den Eindruck, dass diese Argumente ganz gut ankamen.

Aber natürlich ließen die drei sich nicht in die Karten schauen. Sie meinten bloß am Schluss: „Vielen Dank für Ihre Bewerbung, wir werden diese nochmals ganz genau prüfen. Eine direkte Zusage können wir Ihnen deshalb nicht sofort geben. Wir werden Sie schriftlich informieren.“

Was hältst du jetzt davon, Anne?“

„Ich denke, das ist das normale Verfahren bei so großen Organisationen. Wahrscheinlich haben Sie ja auch noch mehrere andere Bewerber*innen. Hauptsache, du hast es jetzt hinter dir und hast es, deiner Meinung nach, gut über die Bühne gebracht.“

Plötzlich schraken sie zusammen, denn die Schiffssirene ertönte sehr laut. Sie sahen, dass einer der verwegenen Surfer, die sich bei diesem Wetter auf den See hinaus getraut hatten, ganz knapp vor dem Schiff vorbeigesaust war, so dass der Kapitän das Schiff sogar abbremsen musste.

Als sie in den Hafen von Yvoire hineinfuhren, sahen sie, dass hier viele Privatjachten vor Anker lagen. Das ehemalige Fischerdorf hatte noch Reste einer ehemaligen Festungsmauer, die teilweise gut erhalten war. Der Ort gefiel den beiden Freundinnen auf Anhieb ganz gut. Überall war Blumenschmuck und es gab einen sogenannten ‚Garten der Sinne‘, was das genau war, wollten sie später erkunden, zunächst machten sie sich auf die Suche nach einem für sie und vor allem auch für ihr Portemonnaie geeigneten Hotel.

Sie sahen sich einige Vier-Sterne-Hotels direkt in Ufernähe an, die ihnen sehr gut gefielen, entschieden sich dann aber aus den bekannten Gründen für ein kleineres Drei-Sterne-Hotel, das nicht ganz am Seeufer lag, aber auch noch Seeblick hatte. Es hatte auch ein Restaurant dabei, so dass sie am Abend nicht lange in der Gegend herumsuchen mussten, sondern gleich vor Ort essen konnten und dazu einen der in der Gegend berühmten Chassala-Weine trinken konnten. Das Hotel hatte einen recht netten Namen: ‚Le Pré de la Cure‘, die Kur-Wiese.

Die Zimmer gefielen ihnen und so mieteten sie sich für die folgenden Tage dort ein. Auf der Terrasse tranken sie noch einen Café noir und gingen dann zurück zur Anlegestelle, um mit dem Dampfer nach Genf zurück zu fahren. Anne informierte Jasmin über ihr Handy, dass sie fündig geworden seien und ein Hotel gefunden hätten und gab ihr die genaue Adresse. In Genf angekommen, aßen sie noch einmal in demselben kleinen Restaurant wie am Vortag zu Abend und fuhren dann zurück zu ihrem Hotel.

Am nächsten Morgen luden sie ihre Koffer ein und fuhren nach Yvoire in ihr Hotel: ‚Le Pré de la Cure‘. Da das Wetter wieder sonnig war, wollten sie den kleinen Ort besichtigen. Vom Schloss aus hatte man einen herrlichen Blick auf den Genfer See. Als sie durch eine kleine enge Gasse vom Schloss aus zur Kirche hinuntergingen, fielen ihnen viele große Bildtafeln auf, die den See von seiner bedrohlichen Seite zeigten. Denn gerade zu früheren Zeiten, als man noch kaum große Motorschiffe gehabt hatte, waren immer wieder Schiffe gekentert, sowohl Fischerboote als auch Ausflugsschiffe, denn das Wetter auf dem See konnte sehr schnell umschlagen.

Schließlich befand sich der See umgeben von sehr hohen Berggipfeln, der Mont Blanc und Chamonix waren zum Beispiel gar nicht weit entfernt.

Diese Lage sorgte natürlich für häufig einsetzende starke Winde und plötzliche Wetterstürze, die zu früheren Zeiten den Menschen in ihren Segel- oder Ruderbooten schnell gefährlich werden konnten.

Wie entspannend war dagegen der ‚Garten der Sinne‘ mit seinen grün bewachsenen Rundbögen, den Kräuterbeeten und den vielen verschiedenen Grünpflanzen und prächtigen Blumenbeeten, die von Bienen umschwirrt wurden.

Am Nachmittag, so hatten sie vereinbart, würden sie Jasmin in Genf am Bahnhof abholen und dann wollten sie die nächsten Tage, bei hoffentlich gutem Wetter, den französischen Teil des Genfer Sees erkunden. Das Wetter spielte auch mit, so dass die drei sich am nächsten Tag nach dem Frühstück ins Auto setzten und in Richtung Evian-les-Bains fuhren. Sie wollten sich unbedingt die berühmte ‚Source‘, die Quelle anschauen, aus der das bekannte Mineralwasser stammte. Das Evian-Wasser war in der ganzen Welt bekannt und man sprach ihm neben einer Schönheit fördernden auch eine Heilwirkung zu.

Als Bärbel das hörte, meinte sie: „Mädels, habt ihr euren Badeanzug dabei, dann setzen wir uns am besten gleich in voller Schönheit in das Becken rein und steigen dann Göttinnen gleich wie die Venus aus dem Becken heraus.“

Jasmin meinte darauf nur ganz trocken: „Ich habe nur zwei große leere Flaschen zum Abfüllen dabei, das muss reichen, sonst kann man unsere Schönheit kaum mehr ertragen.“

Alle drei lachten lauthals und füllten ihre leeren Flaschen, so dass sie an diesem Tag zumindest keine neuen Wasserflaschen kaufen mussten. Dann gingen sie runter zur Uferpromenade und bestaunten von dort das prächtige Gebäude des großen Spielcasinos von Evian.

„Wie steht's, Mesdames, wollen wir mal reingehen und ein Spiel wagen?“, meinte Anne.

Dafür konnte sich aber keine der Damen, mit Blick in ihr Portemonnaie, begeistern. Sie schauten sich lieber die Stadt mit ihren schönen alten Gebäuden an und standen plötzlich vor dem Kunstmuseum, in dem aktuell eine Ausstellung französischer Impressionisten war.

Sie gingen in die Eingangshalle und waren regelrecht geblendet von den vielen farbenfrohen Bilderfenstern aus einer früheren zeitlichen Epoche, dem ‚Fin de siècle' des ausgehenden neunzehnten Jahrhunderts. Sie fotografierten ganz eifrig und beschlossen, auch noch die Ausstellung zu besuchen. Das hatte sich wirklich gelohnt, Evian hatte ihnen gut gefallen und am nächsten Tag wollten sie das berühmte Wasserschloss Chillon besuchen, das in der Nähe von Montreux auf Felsen direkt in den See hineingebaut war.

Nun fuhren sie an der Straße entlang des Sees zurück. Auf der anderen, der Schweizer Seite des Sees, glänzte Lausanne in der Sonne.

Eine Besichtigung von Lausanne würden sie morgen nicht mehr schaffen, denn sie wollten Richtung Montreux fahren und Anne hatte in ihrem Reiseführer ein kleines Restaurant in Amphion gefunden, das in den See hineingebaut war. Das wollten sie sich morgen auf der Heimfahrt anschauen und dort zum Abschluss ihres Aufenthalts zu Abend essen.

Am nächsten Tag gingen sie in Montreux an der Uferpromenade entlang und auch hier, wie in Evian, bewunderten sie die großen prachtvoll gebauten riesigen Hotels des vergangenen Jahrhunderts, in denen sich aber auch heute noch der Jetset der europäischen und besonders auch der russischen Gesellschaft sehr gerne aufhielt. Man sah es an den Lamborghinis, Maserati oder Porsches, die dort hinfuhren.

Am Abend genossen sie dann ihr Abendessen mitten im See in dem kleinen Restaurant in Amphion.

Gegen Ende des Essens wurde Jasmin etwas melancholisch und meinte: „Die zwei Tage mit euch waren wunderschön. Mir kommen sie vor, wie die Ruhe vor dem Sturm. Ich darf gar nicht dran denken, was jetzt noch alles auf mich zukommt."

„Wisst ihr, eigentlich beneide ich euch beide ein bisschen, denn ihr werdet bald etwas anderes, Neues anfangen. Und ihr wisst doch, dass Hermann Hesse sagte: „Und jedem Anfang wohnt ein Zauber inne…", meinte Anne.

„Nun ja, wir werden sehen, aber egal, was kommt, unser Kleeblatt, wir drei, wir werden in Verbindung bleiben und jedes Jahr zumindest einen gemeinsamen Ausflug unternehmen", das wünschten sie sich.

KAPITEL 37

Die Rückfahrt verlief, trotz einiger Staus, ohne größere Komplikationen und sie waren froh, als vor ihnen die wohlbekannte Silhouette Heidelbergs wieder auftauchte. Jasmin wohnte bei Anne und genoss es, umsorgt zu werden. Während der nächsten Tage trafen sie sich häufig mit Bärbel und gingen zusammen ins Kino oder zum Schwimmen.

Jasmin bat Anne um Rat, wie sie sich am besten in der kommenden Gerichtssitzung verhalten sollte und wie sie ihre Aussage am geschicktesten formulieren könnte.

„Jasmin, sag ganz einfach die Wahrheit. Ich glaube, dass sowohl der Richter als auch der Staatsanwalt verstehen können, dass du so erschrocken warst, als du Natascha bewusstlos auf dem Schlangenweg liegen sahst, dass du erst einmal in Panik weggelaufen bist. Es wäre falsch, diese Situation in irgendeiner Weise anders darzustellen."

„Glaubst du nicht, dass man mir deswegen etwas vorwerfen wird?"

„Das kann sein, aber man wird bestimmt deine Panik berücksichtigen und zu deinen Gunsten spricht dann natürlich

vor allem, dass du, als dir die Situation bewusstwurde, sofort wieder zurückgegangen bist und Hilfe organisiert hast."

„Ich hoffe, du hast Recht. Wie soll ich mich aber Jan gegenüber verhalten?“

„Da kann ich dir eigentlich keinen Ratschlag geben. Vielleicht ist eine neutrale Haltung angemessen und natürlich kommt es dann ja auch auf den Verlauf der Verhandlung an. Ich denke, dass du als langjährige Gefährtin und Ehefrau am besten weißt, was angemessen ist.“

Trotz aller Vorbereitungen auf den Gerichtstermin, war Jasmin an diesem Tag äußerst angespannt und nervös. Sie trafen sich vor dem Prozessbeginn mit Bärbel im Gerichtsgebäude. Für Bärbel war dieser Termin weniger beunruhigend, denn ihre Aussage deckte sich genau mit der Zeugenaussage von Anne, die dem Gericht ja schon bekannt war.

Als sie vor dem Verhandlungssaal warteten, kam auch Jan. Er war ziemlich irritiert, als er die drei Freundinnen und vor allem Jasmin sah, nickte kurz und stellte sich weiter entfernt mit dem Rücken zu ihnen und schaute durch ein Fenster. Jasmin war blass geworden und sehr einsilbig. Sie wurde dann als erste in den Gerichtssaal gerufen zu ihrer Zeugenaussage, Anne begleitete sie, denn sie musste bei dieser Verhandlung nicht erneut aussagen. Ihre Aussage war schon längst dokumentiert und so setzte sie sich zum Publikum in den Gerichtssaal.

Jasmin schilderte wahrheitsgemäß, wie sie sich an diesem Tattag verhalten hatte, ohne etwas zu beschönigen. Auf die Frage des Staatsanwalts, warum sie einfach abgehauen sei und nicht zur polizeilichen Vernehmung gekommen sei, wusste sie zunächst nicht, was sie sagen sollte.

Dann raffte sie sich aber zusammen:

„Wissen Sie, im Nachhinein erkenne ich das auch als einen großen Fehler. Es war damals nur so, dass ich in einer psychischen Ausnahmesituation war. Man hatte mich monatelang am Telefon terrorisiert, ich konnte nachts schon gar nicht mehr schlafen. Dann hatte Natascha Wollin mir mitgeteilt, dass sie eine Affäre mit meinem Mann hatte. An diesem Abend hatten wir vereinbart, dass wir uns in einem Restaurant treffen wollten, um diese verfahrene Situation zu besprechen. Plötzlich kam dann nachmittags, vor unserem Treffen, Nataschas Anruf, sie möchte sich sofort noch mit mir treffen, um die Angelegenheit unter uns Frauen vorher noch zu bereden. Ich ging darauf ein und dann können Sie sich vielleicht vorstellen, wie überrascht, aber auch entsetzt ich war, als ich diese Frau blutend und bewusstlos auf dem Schlangenweg fand."

Anne, die im Publikum saß, beobachtete die Reaktion des Staatsanwalts und des Richters. Der Staatsanwalt verzog keine Miene, aber der Richter nickte, anscheinend fand er Jasmins Aussage überzeugend.

Als Nächste kam Bärbel in den Zeugenstand, da ihre Aussage sich vollkommen mit derjenigen von Anne deckte, waren ihre Zeugenaussagen bald abgeschlossen.

Danach wurde Natascha aufgerufen und befragt, ob sie bei ihrer vorherigen Aussage bleiben würde. Sie bejahte und wiederholte nochmals, dass sie sich an diesem Nachmittag mit Jasmin kurz zu einer Besprechung der Situation treffen wollte. Dies hatte sie auch Jan vorher telefonisch mitgeteilt.

Sie konnte doch nicht ahnen, dass er dann im Laufschritt gejoggt käme und sie unbedingt davon abhalten wollte, mit Jasmin zu reden und sie vor allem darum bat, sie solle nicht die Scheidung fordern. Sie war sehr wütend auf ihn, weil er ihre Pläne durchkreuzte.

„Frau Wollin, bis jetzt klingt das ja alles noch relativ harmlos. Wir haben nun aber noch die Zeugenaussage einer Frau, die in ihrem Garten ihren Streit gehört hatte. Diese Aussage haben wir zeitlich genau überprüft und sie trifft exakt auf sie und Jan Justin zu. Diese Zeugin berichtet, dass der Streit sehr heftig war und dass sie ihren Gesprächspartner erpresst haben, da sie ihm wichtige Forschungsunterlagen gestohlen hatten und drohten, diese an einen früheren Kollegen zu verkaufen. Davon hatten Sie uns bei Ihrer Anklage nichts erzählt. Warum?", wollte der Staatsanwalt wissen.

„Das ist doch meine Privatsache", erwiderte Natascha trotzig, „und das ändert auch nichts an der Tatsache, dass Jan mich absichtlich heftig auf den Boden warf und mich dann bewusstlos und hilflos einfach dort liegen ließ."

„Dieses Verhalten werden wir berücksichtigen, aber, so wie es sich zumindest bis jetzt darstellt, entspricht es nicht Ihrer Anklage, dass er einen Mordanschlag auf Sie verübt hatte."

Natascha sagte darauf nichts und wollte den Zeugenstand schon verlassen, aber der Richter ordnete an, dass sie noch bleiben solle.

„Frau Wollin, noch eine Frage. Können Sie mir erklären, warum Sie über Monate hinweg Jans Ehefrau am Telefon terrorisiert haben?"

„Habe ich doch gar nicht. Ich wollte ihr nur durch die Blume erklären, dass sie auf ihren Ehemann besser aufpassen soll."

„Sie wissen schon, dass dies Stalking ist und dass das Gesetz dies verbietet?"

Natascha schaute den Richter entgeistert an: „So ein bisschen Spaß im Leben muss doch wohl noch erlaubt sein."

Im Gerichtssaal setzte ein Gemurmel ein.

Der Richter mahnte zur Ruhe und wollte als Letztes von Natascha wissen: „Eine Frage noch. Sie behaupteten doch, dass Sie bei Ihrem Sturz einen totalen Gedächtnisverlust erlitten hatten. Merkwürdigerweise können Sie sich aber daran erinnern, dass Herr Justin sofort vom Tatort abgehauen ist und sie hilflos liegen ließ, nicht wahr?"

„Das ist doch logisch, das stimmt doch auch mit den anderen Zeugenaussagen überein", erwiderte Natascha trotzig.

Danach durfte sie sich setzen und Jan wurde in den Zeugenstand gerufen.

„Nun zu Ihnen, Herr Justin, halten Sie an Ihrer vorherigen Aussage fest, dass Sie Ihr Institut zur fraglichen Zeit nicht verlassen haben und sich folglich auch nicht mit Natascha getroffen haben?"

„So war meine Aussage, die ich auch aufrechterhalte. Ich glaube auch nicht, dass Sie etwas Gegenteiliges beweisen können."

„Damit steht dann Ihre Aussage gegen die von Frau Wollin. Wollen Sie nicht doch noch etwas hinzufügen?"

„Nein, ich sehe dazu keine Veranlassung."

Da meldete sich der Staatsanwalt: „Herr Justin, leugnen Sie auch, dass Natascha Sie an diesem Nachmittag angerufen hatte, um Ihnen mitzuteilen, dass sie sich mit Ihrer Frau im Schlangenweg treffen wolle?"

„Nein, das stimmt und ich habe ihr heftig davon abgeraten."

„Herr Justin, wir haben nochmals ganz intensiv recherchiert und haben alle Ihre Kollegen ein zweites Mal befragt. Dabei stellte sich heraus, dass ein jüngerer Kollege zur fraglichen Zeit mehrmals in ihr Büro gegangen war, da er mit einer Berechnung nicht ganz klarkam. Dieser Kollege hatte sie nicht im Büro angetroffen. Bei unserer ersten Befragung Ihrer Kollegen war dieser junge Mann im Urlaub, so dass sich dieser Vorfall erst bei unserer zweiten Befragung herausstellte. Was sagen Sie dazu?", wollte der Staatsanwalt wissen.

Nun wurde Jan doch etwas blass und knickte ein, denn damit hatte er nicht gerechnet. Er merkte, dass er so nicht durchkam und bevor er sich noch tiefer verstrickte, sah er ein, dass er das Ganze doch genauer erklären müsse.

„Okay, also gut. Ja, Natascha hatte mich angerufen und mich damit provoziert, dass sie hinter meinem Rücken mit meiner Frau den Fall besprechen wolle, um sie zur Scheidung zu überreden. Das wollte ich ihr ausreden, aber sie bestand darauf. Ich sah nun keinen anderen Ausweg, dies zu verhindern, ich musste zu ihr hinlaufen und sie daran hindern. Das tat ich auch und hoffte, sie zu überzeugen. Aber als sie dann anfing, mich zu erpressen, dass sie meine Forschungspapiere einem früheren Kollegen verkaufen wolle, da sah ich wirklich rot. Ich nahm sie und schüttelte sie heftig durch, damit sie wieder zur Vernunft kommen sollte. Auf ihren hochhackigen Schuhen verlor sie jedoch jeden Halt und fiel plötzlich hinterrücks mit dem Kopf auf den Boden und knallte auf einen großen Stein. Gleichzeitig hörte ich Schritte von unten hochkommen. In Panik lief ich den Schlangenweg nach oben und rannte, so schnell ich konnte, zurück zum Institut."

„Warum haben Sie denn von da aus nicht versucht, den Notdienst zu alarmieren?"

„Na ja, wissen Sie, ich hatte doch Schritte im Schlangenweg gehört und dachte mir, dass man sie schon finden und ihr helfen wird. Ich hatte auch nicht gedacht, dass sie so schwer verletzt sei."

„Herr Justin, warum sagen Sie uns erst jetzt die Wahrheit? Sie hätten uns diesen ganzen Prozess ersparen können, der alle Beteiligten viele Nerven gekostet hat?"

„Herr Richter, ich bin ein Mann der Forschung und lebe davon und von meinem guten Ruf. Mein Ruf wäre total geschädigt gewesen, wenn man mir nachgesagt hätte, dass ich eine Frau absichtlich schwer verletzt hätte. Ich wusste nämlich genau, dass Natascha das genau so dargestellt und mich in den Kollegenkreisen damit kompromittiert hätte. Das konnte ich nicht zulassen, das müssen Sie doch verstehen."

Der Richter antwortete darauf nichts weiter, sondern meinte nur: „Das Gericht zieht sich nun zur Beratung zurück." Es dauerte einige Zeit, bis die Verhandlung fortgesetzt wurde.

Der Richter erklärte: „Wir haben uns die Sache nicht leicht gemacht. Erheben Sie sich nun von Ihren Sitzen, ich verkünde das Urteil.

Zunächst einmal zu Ihnen, Frau Justin. Sie hatten Frau Natascha Wollin bewusstlos gefunden und sind zunächst, ohne ihr zu helfen, davongerannt. Sie wissen, dass dies schon den Tatbestand der unterlassenen Hilfeleistung erfüllt. Zu Ihren Gunsten spricht allerdings, dass Sie, nach der ersten Panik, sich ihr unrechtes Verhalten überlegt haben und zurückgelaufen sind, um der Frau zu helfen und die Hilfsdienste zu alarmieren. Strafrechtlich besteht nun kein Grund, Sie dafür zu belangen, aber ethisch gesehen war ihr Verhalten keineswegs korrekt."

Anne sah, dass Jasmin schuldbewusst nickte, dann aber doch aufatmete und dass ihr vor Erleichterung die Augen feucht wurden.

Der Richter fuhr dann fort: „Anders sieht es bei Ihnen aus, Herr Justin. Sie haben Natascha Wollin verletzt und sogar schwer und sind einfach davongelaufen. Die Verletzung geschah im Affekt und wie Sie sagen, unbeabsichtigt. Aber Sie haben sich der unterlassenen Hilfeleistung schuldig gemacht. Dazu kommt noch, dass Sie zweimal vor Gericht falsch ausgesagt haben. Sie erhalten dafür eine Gefängnisstrafe von einem Jahr, die jedoch zur Bewährung ausgesetzt werden kann."

Anne beobachtete, dass Jan schuldbewusst den Kopf senkte.

„Nun zu Ihnen, Frau Wollin. Sie reichten Klage bei Gericht ein und stellten sich als das unschuldige Opfer einer Straftat dar. Das sieht nun aber bei näherer Betrachtung ganz anders aus.

Erstens haben Sie über Monate hinweg Telefonterror gegenüber Frau Justin betrieben, was an sich schon den Tatbestand des Stalkings ergibt.

Zweitens haben Sie Forschungsunterlagen gestohlen, die Sie zum Ziele der persönlichen Bereicherung verkaufen wollten.

Drittens haben Sie mit diesem Diebstahl gleichzeitig versucht, Jan Justin zu erpressen, dass er sich scheiden lässt und sie heiratet.

Viertens haben Sie dem Gericht gegenüber nicht die volle Wahrheit gesagt, sondern Sie haben versucht, einige Punkte zu verschweigen.

Diese vier Punkte addieren sich zu einem kriminellen Verhalten Ihrerseits: Stalking, Diebstahl, Erpressung, Falschaussage.

Sie werden deshalb zu einem Jahr ohne Bewährung verurteilt.

„Das können Sie nicht tun", schrie Natascha.

Ihr Anwalt ergriff das Wort und sagte: „Wir fechten das Urteil an und gehen in die Revision."

Darauf war die Gerichtsverhandlung beendet.

Jan verließ als erster den Saal, ohne jemanden anzusehen. Natascha schaute giftig zu Jasmin und ihren Freundinnen hinüber und verließ dann mit ihrem jungen, feschen Anwalt höflich plaudernd den Gerichtssaal.

„So, und wir gehen jetzt zu mir nach Hause, trinken ein Glas Sekt und dann kochen wir zusammen ein schönes Abendessen", schlug Bärbel vor.

KAPITEL 38

Anne und Bärbel waren guter Dinge und beratschlagten, was sie nun kochen wollten. Jasmin war aber noch immer etwas bedrückt, sie ging im Geist nochmals die Gerichtsverhandlung durch.

„Was glaubt ihr denn, was wird denn nun aus den beiden, aus Jan und Natascha", wollte sie von ihren Freundinnen wissen.

„Wenn du mich fragst", meinte Bärbel, „sehe ich da keine Hochzeitsglocken läuten. Würdest du etwa jemanden heiraten, der dich wegen schwerer Körperverletzung angeklagt und dich erpresst hat?"

„Nein, auf keinen Fall. Diese Natascha hat alles auf den Kopf gestellt, indem sie nicht die Wahrheit gesagt, sondern alle Beteiligten nur belogen und drangsaliert hat. Mich hatte sie damals mit ihrem Telefonterror beinahe an den Rand des Wahnsinns gebracht. Noch heute habe ich Schlafstörungen."

„Sie hat ja jetzt ihre Quittung bekommen. Ich glaube nicht, dass sie mit einer Erpressung und einer solchen Vorstrafe in ihrem Beruf noch eine große Karriere vor sich hat. So etwas spricht sich in Kollegenkreisen wie ein Lauffeuer herum", meinte Anne.

„Aber, wie soll es denn für dich weitergehen, meiner Meinung nach bist du eigentlich die Geschädigte", wollte Bärbel wissen.

„Mittlerweile habe ich das auch eingesehen. Natascha hat Jans und meine Beziehung dermaßen zerstört, dass ich keine weitere Basis des Zusammenlebens mehr sehe.

Das ist bitter, aber für mich hat sich ja eine neue Chance in der Buchhandlung von Nadine aufgetan. Ich werde mich von Jan scheiden lassen und durch den Verkauf unserer großen Eigentumswohnung hoffe ich, dass ich dann so viel Geld bekomme, dass ich die Buchhandlung von Nadine kaufen und weiterführen kann.

Ab und zu werde ich auch einen eigenen Reiseführer veröffentlichen. Isabelle hat mich nämlich auf die Idee gebracht, in meinen Reiseführern nicht nur schöne Reiseziele und Routen zu veröffentlichen, sondern besonders Wert auf kulturelle Besonderheiten und Events der jeweiligen Region zu legen. Sie will mir bei meinen Reiseführern über Südfrankreich zur Hand gehen. Wir werden in der nächsten Zeit, sofern ich in der Buchhandlung abkömmlich bin, viel in der Gegend herumreisen, um uns persönlich zu informieren.“

„Du willst also in Collioure bleiben?“

„Zumindest einmal einige Jahre, ob für immer, das kann ich noch nicht sagen. Dort fühle ich mich aber wohl und ich hoffe, dass ihr mich einige Male im Jahr besucht.“

„Rechne zumindest immer im Sommer mit uns, wenn das Meer schön warm ist, dann werden wir wie die Schwalben uns bei dir einnisten und dann wirst du uns nicht los.“

Zum ersten Mal an diesem Tag lächelte Jasmin bei dieser Bemerkung der beiden.

„Wie soll es denn bei dir weitergehen, Bärbel? Mit einem Mann an deiner Seite, das kann ich mir irgendwie noch gar nicht vorstellen“, wollte Jasmin von ihr wissen.

„Vorstellen musst du dir das auch nicht, denn du wirst ihn bald sehen. Er kommt nach seiner Bergtour in den Anden nächste Woche für ein paar Tage hierher, dann kannst du ihn ja persönlich begutachten. Er will eine Woche bleiben, um ‚meinen kleinen romantischen Winkel‘, wie er Heidelberg nennt, kennen zu lernen.

Mädels, wir müssen uns anstrengen, dass wir ihm alle Sehenswürdigkeiten ordentlich präsentieren, damit wir als Fremdenführerinnen vor ihm bestehen können.

„Okay, wir jagen ihn am ersten Tag zum Joggen auf den Königstuhl, damit er Heidelberg und das Neckartal gleich einmal von oben herabsehen kann“, schlug Anne vor.

„Das klingt ganz gut. Aber noch eins, meine Damen, ich möchte euch im Vorfeld schon mal warnen, wenn ich mir schon einen Mann an meiner Seite antue, dann gehört er auch mir. Bei jedem eurer Abwerbungsversuche denkt daran, dass ich zur Furie werden kann. Ich werde dann nicht nur Telefonterror machen, sondern ich lade euch in diesem Fall gleich zu einer Besprechung auf dem Schlangenweg ein – und ihr wisst ja, wie das ausgeht!“

Als Bärbel in ihre verblüfften Gesichter sah, musste sie lauthals auflachen.

Das war wieder ihre alte Bärbel, die sich über alles lustig machen konnte.

KAPITEL 39

Zwei Tage später wurde Jasmin unruhig. Sie hatte mit Nadine telefoniert und erfahren, dass sie alle Hände voll zu tun hatte und alleine kaum alles bewältigen konnte. Schließlich lief die Touristensaison im Midi auf vollen Touren, denn am Strand merkten die Touristen, dass sie keine Bücher oder Magazine dabeihatten und liefen schnell zur nächsten Buchhandlung. Es kamen auch immer mehr Online-Bestellungen, Nadine allein schaffte es also nicht, sie musste dringend zurück nach Collioure.

Yves war noch nicht zurückgekommen, er hing noch am Airport in Lima fest.

Sie hätte ihn zwar gerne kennengelernt und noch ein paar Tage mit ihren Freundinnen verbracht, aber nun musste sie zurück.

Anne hatte für diesen Sommer noch keinen festen Urlaubsplan und überlegte, ob sie mit Jasmin nach Collioure fahren solle, um sich dort unten ein kleines Ferienappartement zu suchen.

Damit könnte sie zwei Fliegen mit einer Klappe schlagen: Urlaub machen und bei Bedarf Jasmin und Nadine etwas zur Hand gehen. Als sie Jasmin von ihren Überlegungen erzählte, war diese hellauf begeistert und machte schon Pläne für gemeinsame Routen an der Küste während ihrer wenigen freien Tage.

„Bärbel, wir haben deine Drohungen sorgfältig überlegt und räumen das Feld, damit wir deinen Yves nicht mit unserem Charme bezirzen und von dir zu einem Gespräch in den Schlangenweg gebeten werden", meinten die beiden am nächsten Tag, als Bärbel bei ihnen vorbeikam.

Bärbel war zunächst verblüfft, weil sie nicht genau wusste, was die beiden vorhatten. Jasmin erklärte ihr jedoch die Situation und am liebsten hätte sie nun auch ihre Koffer gepackt, hätte alles stehen und liegen gelassen und wäre mit in den Süden gekommen.

„Das finde ich jetzt richtig fies von euch, mich allein zu lassen in der Erwartung eines grauen Schweizer Bären, den man erst zähmen muss. Jetzt stehe ich dieser Situation einsam und hilflos gegenüber", klagte Bärbel.

„Mit so einem Mundwerk wie dem deinen, brauchst du keine andere Waffe, da nimmt jeder wilde Bär sofort Reißaus", meinte Anne ganz trocken.

Sie flachsten noch eine Weile herum. Anne und Jasmin packten ihre Koffer und am Abend waren sie von Bärbel zu einem Abschiedsabendessen eingeladen.

Als sie klingelten, merkten sie, dass Bärbel etwas bedrückt war.

„Ist dir deine Quiche missraten oder warum machst du so ein Gesicht?", fragte Anne sie.

„Nein, das nicht, aber ich habe heute Mittag Post von UNICEF bekommen."

„Wurdest du etwa abgelehnt?"

„Nein, das eigentlich nicht. Sie bieten mir eine Stelle in der Organisation der Auslandshilfe einiger afrikanischer Staaten an."

„Wolltest du das nicht, eine Stelle in der Verwaltung und Organisation?"

„Schon, aber der Haken dabei ist, dass ich sehr viele Termine im Ausland erledigen muss. Es ist also kein reiner Bürojob, wie ich gehofft hatte. Ich werde wahrscheinlich häufig einige Tage, eventuell auch eine bis zwei Wochen, mit dem Flugzeug unterwegs sein, um mir vor Ort ein Bild zu machen. Wie soll ich das jetzt Yves beibringen?"

„So ist das, kaum denkst du, jetzt hast du den Mann fürs Leben gefunden, fangen die Schwierigkeiten schon wieder an", platzte es aus Jasmin heraus, „wenn ich es mir so recht bedenke, bin ich froh, dass ich im Moment frei und ungebunden bin und entscheiden kann, was für mich am besten ist."

„Na, du machst mir richtig Mut", Bärbel zeigte gerade einen ihrer seltenen Momente von Mutlosigkeit und Niedergeschlagenheit.

„Besprich doch alles nochmals genau mit deinem Yves, vielleicht ergibt sich irgendwie eine gemeinsame Lösung. Wenn ich dich recht verstanden habe, steuert ihr beide ja nun nicht direkt eine romantische Hochzeit mit nachfolgenden Flitterwochen an. Vielleicht könnt ihr ja aus der Not eine Tugend machen und Yves begleitet dich bei deinen Auslandseinsätzen als technischer Sonderbeauftragter."

Diese Perspektive gefiel Bärbel schon besser und so schmeckte ihr der Aperitif nach einer Weile schon wieder.

KAPITEL 40

Dank der Hilfe von Nadine konnte Anne, trotz Hauptsaison, ein kleines Ferienappartement in Collioure, nicht sehr weit entfernt von der Buchhandlung, anmieten. Jasmin freute sich sehr, denn in diesem Jahr konnte sie selbst keinen Sommerurlaub machen, aber zusammen mit Anne würde sie in der wenigen freien Zeit doch das Strandleben genießen können.

Anne musste sich während der ersten Tage an ihrem neuen Ferienort erst einmal orientieren, was man wo am besten einkaufen könne. Nadine gab ihr zahlreiche Tipps und da sie merkte, dass Jasmin und Nadine in der Buchhandlung stark überlastet waren, übernahm sie zunächst einmal für alle drei die Einkäufe und sorgte dafür, dass abends ein reichhaltiges Dîner auf dem Tisch stand.

Meistens saßen sie abends auf der kleinen Dachterrasse bei Nadine und ließen den Tag noch einmal Revue passieren. Nadine erzählte, dass wieder mehr Bücher verkauft würden als die Jahre zuvor. Viele Leute griffen verstärkt nach dem klassischen Buch aus Papier, während in den Jahren zuvor das E-Book dominiert hatte. Jasmin hatte festgestellt, dass die Kinder sehr gerne Comics kauften und entsprechend das Sortiment erweitert.

Seit einiger Zeit bot Nadine auch, neben den normalen

Ansichtskarten vom Meer und Strand, sehr schöne Kunstkarten von den Fauvisten an, besonders von Matisse, und die kamen sehr gut an. Das Geschäft lief also während der Sommerferien ausgesprochen gut.

Jasmin und Nadine überlegten, was sie machen könnten, um auch nach der Ferienzeit, wenn in Frankreich die so genannte ‚Rentrée‘, die Rückkehr in Schule und Arbeitsalltag war, das Buchgeschäft wieder attraktiver zu machen. Sicher, der Schulbuchverkauf war im Herbst immer wieder ein einträglicher Aktivposten für die Buchhandlung, aber sie wollten darüber hinaus noch das Interesse der Leser für Neuerscheinungen der Belletristik wecken.

So überlegten sie, dass sie bei einigen regionalen Schriftstellern*innen anfragen wollten, ob sie im Herbst Lesungen halten könnten. Jasmin schlug vor, dass man einen Kurzgeschichtenwettbewerb ausschreiben könne. Jede(r) Interessent*in könnte eine Geschichte von vier bis sechs Seiten einreichen und eine Jury solle dann die besten Storys prämieren. Große Preise konnten sie als kleines Geschäft natürlich nicht ausloben, aber für den ersten Preis wollte man doch hundertfünfzig Euro plus ein Buch nach freier Wahl aus der Bestsellerliste in Aussicht stellen und dann natürlich gestaffelt für den zweiten Preis hundert und den dritten Preis fünfzig Euro plus jeweils ein Buch. Anne schlug vor, dass man doch auch Isabelles Lesekreis einladen könne. Die Teilnehmer dieser Gruppe könnten dann Ausschnitte aus ihren ausgewählten oder auch selbst verfassten Büchern vortragen und man könnte anschließend darüber diskutieren, bei einigen kleinen Häppchen und einem Glas Rotwein. Diese Idee kam bei Nadine und Jasmin recht gut an und sie delegierten die Organisation dieses Events auch gleich an Anne. Sie solle sich mit Isabelle in Verbindung setzen, ein geeignetes Datum finden und natürlich, da sie die Lesung am Abend machen wollten, sollte sie sich auch um Kost und Logis der Eingeladenen kümmern.

Anne setzte sich also umgehend mit Isabelle in Verbindung und erzählte ihr von dieser Idee. Isabelle fand eine solche Lesung für ihre Gruppe durchaus interessant und versprach, dass sie ihre Teilnehmer über das neue Projekt informieren würde. Als Termin vereinbarten Anne und Isabelle, dass diese Lesung Mitte September stattfinden solle, dann wären die meisten aus dem Urlaub zurück und hätten wieder Zeit und hoffentlich auch Interesse an neuen Büchern. Im September wäre das Wetter auch meistens noch so gut, dass man eventuell an den Strand gehen könnte oder zumindest die Stadt und ihre Umgebung ausgiebig besichtigen könnte.

Anne bot sich auch an, selbst eine Stadtführung zu gestalten, da sie mittlerweile die Stadt selbst sehr gut erkundet hatte, alleine oder auch mit Nadine und Jasmin, und sehr viel über die einzelnen Monumente gelesen hatte. Den ‚Chemin des Fauves' kannte sie ebenfalls schon sehr genau und konnte die Reproduktionen von Matisse und seinen Malerkollegen mittlerweile ganz gut erklären. Also, das sollte zum Schluss der Höhepunkt der Stadtführung werden.

Isabelle wollte die Mitglieder ihres Lesekreises in ihrer Einladung mit der Aussicht auf eine interessante Tour mit Lesung und kostenloser Stadtführung zur Teilnahme animieren. Natürlich sollten die Kosten für Übernachtung und Frühstück auch nicht zu hoch ausfallen. Anne versprach ihr, dass sie sich umgehend auf die Suche nach kostengünstigen Hotels oder Pensionen machen wolle. Nun musste man abwarten, wie viele Personen sich dafür anmelden würden.

Nach zwei Wochen konnte Isabelle mitteilen, dass sich zehn Personen verbindlich angemeldet hatten. Dieses Lesungsprojekt konnte also starten.

Nadine und Jasmin hatten ihren Kurzgeschichtenwettbewerb auch schon in der Presse veröffentlicht. Ein spezielles Thema hatten sie nicht vorgeschrieben, so dass die zukünftigen Autoren*innen selbst aussuchen konnten, ob sie eine amüsante oder ernste, eine historische oder moderne, eine kriminelle oder wie auch immer geartete Geschichte erzählen wollten.

Es dauerte auch gar nicht lange, bis die ersten Kurzgeschichten eintrafen. Abends lasen sie sich dann die Geschichten nach dem Abendessen auf ihrer Dachterrasse vor und amüsierten sich sehr über die außergewöhnlichen, skurrilen, manchmal auch banalen, aber dennoch interessanten Storys.

KAPITEL 41

Anne hatte bei all diesem Organisieren Bärbel in Heidelberg etwas aus dem Blick verloren und hatte sich einige Zeit nicht bei ihr gemeldet. Sie war allerdings auch der Meinung, dass Bärbel durch den Besuch von Yves in Heidelberg bestimmt so abgelenkt war, dass sie keine Zeit hatte, jeden Tag mit ihrer Freundin zu telefonieren oder Mails zu schicken.

Nun wollte sie aber doch wissen, wie es ihr ging und ob sie Zeit gehabt hatte, ihre Balkon- und Zimmerpflanzen zu gießen. Bärbel hatte nämlich Annes Wohnungsschlüssel und sie hatte ihr versprochen, dass sie sich um ihre Pflanzen kümmern würde.

So rief Anne dann gegen Abend einmal an, um zu erfahren, wie alles in Heidelberg denn so lief.

Zunächst ging niemand ans Telefon und Anne wollte schon auflegen, aber dann meldete sich Bärbel etwas atemlos:

„Ach, Anne, du bist es. Wie geht's?"

„Bärbel, wir leben hier im Süden ‚wie Gott in Frankreich'. Es wäre schön, wenn du auch hier sein könntest."

Sie erzählte ihr von all den Plänen, die sie geschmiedet hatten und die sie jetzt in die Tat umsetzen wollten.

„Da werde ich regelrecht neidisch, denn ganz so interessant ist es hier bei uns nicht."

„Aber, Bärbel, ich dachte schon, dass du und Yves in Planungen für eure gemeinsame Zukunft, eventuell für eine romantische Hochzeit im Heidelberger Schloss, steckt."

„Typisch Anne, wenn du dich nur lustig machen kannst."

Das klang jetzt etwas bitter, vor allem, da Bärbel sonst immer gerne auf einen spöttischen Ton einging.

„Bärbel stimmt etwas nicht, ist irgendwas passiert?"

„Allerdings und es ist irgendwie ganz blöd passiert. Stell dir vor, letzte Woche kam Yves und ich habe ihm natürlich Heidelberg und die Umgebung gezeigt. Er wollte auch den Schlangenweg sehen und den genauen Tatort, wo wir die bewusstlose Frau gefunden hatten. Schließlich hatte er ja die ganze Story mit all ihren irritierenden Wendungen von mir gehört. Also gingen wir auch dorthin und ich zeigte ihm den genauen Ort und jetzt stell dir vor, was dann passiert ist?"

„Na, du machst es aber wieder spannend. Lass mich mal raten: Es kam wieder ein schwarz gekleideter Kapuzenmann und schlug euch auf den Kopf oder schmiss euch auf den Boden?"

„Falsch, es war ein anderer Dämon, anders kann ich es mir nicht vorstellen, denn wenige Schritte, nachdem wir den Tatort angesehen hatten und weitergingen, stolperte Yves über irgendeinen Stein, fiel unglücklich hin und konnte nicht mehr weitergehen. Kannst du dir das vorstellen? Dieser Mann hatte gerade drei Wochen im Hochgebirge, in den Anden, verbracht und dort war ihm nichts passiert. Nun kommt er nach Heidelberg, ins Flachland, stolpert, fällt hin und zieht sich einen Bänderriss zu."

„Ja, Heidelberg ist eben ein gefährliches Pflaster, da kann man leicht ins Rutschen kommen!"

„Spotte du nur, Anne. Jetzt muss ich jeden Tag ins Klinikum und ihn trösten, denn er würde nur allzu gern sofort wieder aufstehen und Ausflüge machen, um das Neckartal und den Odenwald kennen zu lernen."

„Und was machen eure anderen Zukunftspläne?"

„Das müssen wir erst nochmals überdenken. Yves ist natürlich nicht davon begeistert, dass ich bei diesem neuen Job bei UNICEF so viele Auslandsaufenthalte machen soll. Eventuell werde ich mich doch noch bei einer anderen internationalen Organisation in Genf bewerben und zunächst noch nicht bei meiner jetzigen Stelle in Heidelberg kündigen."

„Für mich klingt das allerdings gar nicht so übel, so bleibst du mir in Heidelberg noch für eine Weile erhalten. Hast du übrigens noch etwas von unserem ‚Traumpaar', Natascha und Jan, gehört?"

„Nur indirekt. Yves' Bruder Bert hat erfahren, dass Jan in Heidelberg gekündigt hat, er will wohl für einige Zeit nach Südamerika gehen. Natascha hat sich durch ihr Verhalten gründlich ihren Ruf als seriöse Wissenschaftlerin verdorben, zumindest haben sie am CERN beschlossen, sie nicht mehr zu Konferenzen oder Vorträgen einzuladen. Eventuell droht ihr ja auch noch eine Gefängnisstrafe, je nach Verlauf der Revisionsverhandlung."

„Eigentlich tragisch für alle Beteiligten. Shakespeare hätte daraus ein Drama in mehreren Akten gemacht."

„Ja, Shakespeare, aber wir normalen Sterblichen müssen uns eben mit den harten Banalitäten in unserem schönen Neckartal herumschlagen."

„Bärbel nimm es nicht so schwer, besorge deinem Yves ein paar wunderschöne Krücken und dann könnt ihr euch bestimmt bald wieder an eurem romantischen Tal erfreuen.

Tschüss, bis bald.“

KAPITEL 42

In diesem Sommer stöhnte Collioure unter der Hitze. Der Strand war jeden Tag proppenvoll, denn alle suchten Abkühlung. Auch Anne, Jasmin und Nadine gingen oft noch abends nach Geschäftsschluss zum Schwimmen in die große Bucht, wenn die meisten Tagesgäste schon längst zurück in ihren Hotels oder Ferienwohnungen waren. Das Geschäft in ihrer Buchhandlung lief, trotz der Hitze, erstaunlich gut. Die Gäste kamen am Morgen, bevor sie zum Strand gingen, um Zeitungen, Magazine, Rätselhefte, Krimis oder andere ‚leicht verdauliche' Romane zu kaufen, denn ein Strandtag konnte schon lang werden und der Geist braucht Abwechslung.

Fast jeden Tag trudelten auch neue Kurzgeschichten für den ausgeschriebenen Wettbewerb ein, so dass ihnen die Arbeit nicht ausging.

Anne und Isabelle hatten den fünfzehnten September als den Tag der Lesungen für ihren Lesekreis festgelegt. Anne war es gelungen, für alle Teilnehmer*innen günstige Unterkünfte zu finden. Sie hatte auch schon etliche Werbeplakate drucken lassen und sie bei sämtlichen Geschäften, die ihr die Erlaubnis dazu gaben, aufgehängt.

Auch das Tourismusbüro hatte Interesse gezeigt und in der ‚Mairie', im Rathaus, durfte sie auch plakatieren.

Sogar im regionalen Radiosender hatte man über den Kurzgeschichtenwettbewerb und über die Lesungen des Lesekreises aus Carcassonne berichtet. Die Werbemaschine war also ins Rollen gekommen.

Die Zeit zerrann ihnen zwischen den Fingern. Am dreizehnten September traf der Bus mit Isabelle und ihrem Lesekreis ein. Anne und Jasmin hatten für diesen Abend ein Willkommensbuffet auf ihrer Terrasse aufgebaut. Es war natürlich für alle etwas eng, aber irgendwie schien es den Gästen doch zu gefallen, vor allem, weil sich der Ausblick auf das Meer an diesem Abend von seiner schönsten Seite zeigte.

Die Sonne verabschiedete sich an diesem Tag als feuerrote Riesenkugel am Horizont und versank im Meer. Alle waren bester Stimmung und es war schon weit nach Mitternacht, als das letzte Glas ausgetrunken war.

Am nächsten Tag wollte Anne ihren Gästen die Stadt zeigen und in Anbetracht der späten Stunde hatten sie sich darauf geeinigt, sich so gegen zehn Uhr am nächsten Morgen an der Buchhandlung zu treffen. Bis schließlich auch die Letzten am nächsten Tag da waren, war es dann doch schon halb elf Uhr geworden.

Anne zeigte ihnen zunächst das ehemalige Fischerviertel und natürlich auch das Restaurant, in dem die zahlreichen Bilder von Matisse, Braque und seinen anderen Malerkollegen als Reproduktionen an den Wänden hingen. Das interessierte die Gruppe sehr und einige rätselten, was diese Gemälde heute wohl einbringen würden, wenn man sie versteigern würde. Eigentlich hatte der damalige Eigentümer des Lokals, der den Malern Kost und Logis gab und damit damals die Gemälde erwarb, im Nachhinein ein gutes Geschäft gemacht.

Nun waren ihre Gäste natürlich auch sehr interessiert an dem ‚Chemin des Fauves‘, von dem Anne ihnen erzählt hatte und so beschloss sie, bevor es noch zu heiß und unerträglich wurde, mit ihnen dorthin zu gehen. Da der Weg am Hang lag, hörte sie schon beim Hinaufgehen viele ‚Ah‘ und ‚Oh‘, denn der Blick von hier oben auf die Stadt und das Meer war sehr beeindruckend.

Anne hatte sich gut vorbereitet, um ihrer Gruppe die Malweise der Fauvisten und ihre Bilder genau zu erklären, aber an diesem Tag wartete hier auch eine Überraschung auf sie und Jasmin, die sie begleitete. Eine Gruppe von jungen Studenten*innen der Kunsthochschule aus Montpellier hatte sich den ‚Chemin des Fauves‘ an diesem Tag für ihre Studienzwecke ausgesucht. So stand bei jeder Reproduktion der Bilder der ehemaligen Fauvisten ein Student oder eine Studentin und versuchte, das Bild nach seiner/ihrer eigenen Weise umzugestalten oder auch ganz neu zu interpretieren.

Der Professor, der sie begleitete, erklärte Anne und ihrer Gruppe das Projekt, das er an diesem Tag mit seinen Studenten vorhatte. Sie hatten die Aufgabe, sich eines der Bilder der berühmten Maler auf diesem Weg anzuschauen, dazu den Ausblick auf die Landschaft zu betrachten, die er dargestellt hatte, und dann sollten sie ein eigenes Bild gestalten, in dem sich einige Stilelemente der Fauvisten wiederfinden sollten.

Das war natürlich für die Besuchergruppe noch viel faszinierender als es die einfachen Erklärungsversuche von Anne gewesen wären. So spaltete sich die Gruppe auch auf und die einzelnen Teilnehmer kamen ins Gespräch mit den jungen Malerinnen und Malern.

Anne verlor den Überblick, denn an jeder Station standen ein oder zwei Leute, die mit den jeweiligen Kunststudenten diskutierten. Sie gesellte sich jeweils für eine Weile zu einer der kleinen Gruppen und hörte den Diskussionen über Kunst zu.

Anne hatte Jasmin seit einer Weile aus den Augen verloren, sah aber plötzlich, dass diese verwirrt und blass auf sie zukam und sagte: „Komm, ich muss dir was zeigen.“

Sie ging mit ihr eine kleine Böschung hinab und deutete auf eine junge Frau, die dort regungslos am Boden lag. Anne erschrak genauso wie Jasmin, denn das sah ganz nach einem ‚Déjà vu‘ aus, genau wie damals im Schlangenweg. Allerdings sah man kein Blut an der Schläfe. Anne sprach die Frau zunächst leise an: „Hallo, was machen Sie da?“ Es kam aber keine Antwort. Darauf griff sie nach dem Arm der jungen Frau, um ihren Puls zu fühlen, da schlug diese aber die Augen auf und meinte nur: „Oh, da bin ich doch tatsächlich hier eingeschlafen. Wissen Sie, gestern Abend war es bei uns sehr spät geworden und vorhin war ich im Meer schwimmen. Anschließend wollte ich mir hier oben die Bilder von Matisse anschauen, von denen man mir gestern Abend im Bistro erzählt hatte. Dabei wurde ich so müde, dass ich dachte, ich lege mich hier ein bisschen ins hohe Gras und ruhe mich ein wenig aus, dabei bin ich wohl eingeschlafen. Entschuldigen Sie, wenn ich Sie erschreckt habe, denn Sie sehen beide etwas blass aus.“

Anne und Jasmin setzten sich neben die Frau ins Gras und erklärten ihr, dass diese Situation sie beide so erschreckt hatte, weil sie vor einigen Monaten eine ähnliche Situation erlebt hatten. Das war für die junge Frau natürlich ebenfalls sehr interessant und sie wollte mehr darüber erfahren. Darauf lud Anne sie ein, sich ihrer Gruppe doch anzuschließen und wenn sie Zeit hätten, würden sie ihr und den anderen der Gruppe den ganzen Vorfall erzählen.

Nach der Stadtbesichtigung gingen sie alle in ein nettes Lokal im Fischerviertel, wo sie sich mit Nadine zum Essen verabredet hatten. Isabelle und die anderen Teilnehmer ihres Leserkreises hatten den Vorfall mit der jungen Französin, die am Boden lag, nun auch erfahren und wollten natürlich wissen, warum Anne und Jasmin dermaßen erschrocken waren. Eigentlich wollten sie beide diese Story nicht in aller Ausführlichkeit nochmals erzählen, doch ihr Publikum gab keine Ruhe, so dass sie beide ihnen versprechen mussten, zum Dessert, quasi als Erhöhung des Genusses, das Ganze nochmals zu erzählen.

Jasmin fing dann an: „Hatten Sie auch schon einmal das Gefühl, zweimal im gleichen Film zu sein. So ging es mir nämlich vorhin, als ich die junge Frau auf dem Boden liegen sah. Erst dachte ich, dass ich jetzt anfange durchzudrehen und Dinge sehe, die nur in meiner Fantasie existieren." Dann erzählten Jasmin und Anne, wie verwirrend sich die Geschichte damals in Heidelberg entwickelt hatte. Ihre Zuhörer waren dabei so gebannt, dass sie beinahe vergaßen ihr Glas auszutrinken.

Die junge Französin, die sie am Boden schlafend gefunden hatten, war ebenfalls so fasziniert, dass sie am Schluss meinte: „Mon Dieu, quelle histoire", was für eine Geschichte.

Eine Welt voller Bücher

Unvergessliche Abenteuer
Faszinierende Charaktere
Neue Welten und Ideen

Bei Infinity Gaze endet
die Lesereise nie!

Jetzt entdecken unter:
www.infinitygaze.com